静山社ペガサス文庫

ファンタスティック・ビーストとダンブルドアの秘密《ひみつ》

映画《えいが》オリジナル脚本版《きゃくほんばん》

J.K. ローリング&スティーブ・クローブス
日本語版監修・翻訳 松岡佑子

Original Title :
Fantastic Beasts : The Secrets of Dumbledore
The Original Screenplay

Japanese dubbing for the Warner Bros. motion pictures translated by Keiko Kishida

Translation of the original screenplay for publication by Yuko Matsuoka

目次

日本語版監修・翻訳　松岡佑子

まえがき

「ファンタスティック・ビーストとダンブルドアの秘密《ひみつ》」でJ・K・ローリングの魔法《まほう》の世界《せかい》に戻《もど》ってきて、創作面《そうさくめん》ではワクワクさせられたし、業務《ぎょうむ》の調整《ちょうせい》や実施面《じっしめん》ではチャレンジだった。というのも、製作《せいさく》が始《はじ》まったのが世界的《せかいてき》なパンデミックと同時期《どうじき》だったからだ。大部分《だいぶぶん》の作業《さぎょう》は、ロンドンの北《きた》に位置《いち》するハートフォードシャーのリーブスデン・スタジオで行《おこな》われた。スチュアート・クレイグと彼《かれ》のずば抜《ぬ》けたアート部門《ぶもん》チームは、COVID-19のせいで様々《さまざま》な旅行制《りょこうせい》限《げん》に阻《はば》まれ、スタジオ内《ない》にベルリン、ブータン、中国《ちゅうごく》の魔法版《まほうばん》を作《つく》り上《あ》げた。さらに以前《いぜん》に使《つか》った魔法界《まほうかい》の物語《ものがたり》や映画《えいが》から、最《もっと》も記憶《きおく》に残《のこ》るセットのいくつかを復元《ふくげん》した。例《たと》えばホッグズ・ヘッド、必要《ひつよう》の部屋《へや》、ホグワーツ校《こう》そのものなどだ。

ジョー（ローリング）とスティーブのシナリオは、古《ふる》いものと新《あたら》しいものの間《あいだ》を巧《たく》みに移動《いどう》し、時代《じだい》に即《そく》した政治的《せいじてき》な話《はなし》と魅力的《みりょくてき》で感動的《かんどうてき》な要素《ようそ》をうまく調和《ちょうわ》させている。物語《ものがたり》の芯《しん》として、ジョーが長《なが》いこと愛《いつく》しんできたキャラクターの一人《ひとり》、アルバス・ダンブルドアが、現在《げんざい》の危機《きき》と過去《かこ》の後悔《こうかい》とに取《と》り組《く》み、一方《いっぽう》、ニュート・スキャマンダーはグリンデルバルドが権力《けんりょく》を握《にぎ》るのを阻止《そし》するミッションを率《ひき》いる。

世界《せかい》が奇妙《きみょう》な冬眠状態《とうみんじょうたい》にあった何《なん》か月《げつ》もの間《あいだ》、我々《われわれ》はジョーとスティーブの言葉《ことば》を解釈《かいしゃく》し、スクリーンで表現《ひょうげん》する仕事《しごと》をした。

「ダンブルドアの秘密《ひみつ》」では、危険《きけん》な時代《じだい》が危険《きけん》な人物《じんぶつ》を好《この》む状況《じょうきょう》の中《なか》で、ダンブルドア、ニュート、そして二人《ふたり》が集《あつ》めた仲間《なかま》たちが、勇気《ゆうき》と粘《ねば》り強《づよ》さで、この百年来《ひゃくねんらいもっと》最も危険《きけん》な魔法使《まほうつか》いを相手《あいて》に戦《たたか》い、どんなに勝利《しょうり》の可能性《かのうせい》が低《ひく》くとも、最後《さいご》にはやはり光《ひかり》と愛《あい》が勝《か》つという期待《きたい》を持《も》たせてくれる。

デイビッド・イエーツ

2022年《ねん》3月《がつ》22日《にち》

シーン1　屋内《おくない》　地下鉄《ちかてつ》の車中《しゃちゅう》――日中《にっちゅう》

ちらちら明滅《めいめつ》する明《あ》かりの中《なか》で、乗客《じょうきゃく》たちが黙《だま》って座《すわ》っている。カメラはゆっくりと動《うご》き、吊《つ》革《かわ》につかまって電車《でんしゃ》の揺《ゆ》れと一緒《いっしょ》に揺《ゆ》れ動《うご》いている男性《だんせい》をとらえる。顔《かお》は見《み》えないが、小粋《こいき》な角《かく》度《ど》にかぶった帽子《ぼうし》はどこかで見《み》たような感《かん》じがする。

シーン2　屋外《おくがい》　駅《えき》――直後《ちょくご》――日中《にっちゅう》

電車《でんしゃ》が停車《ていしゃ》し、ドアが開《あ》く。降《お》りてくる乗客《じょうきゃく》たちに混《ま》じって、帽子《ぼうし》の男性《だんせい》も出《で》てくる。

シーン3

屋外《おくがい》　地下鉄《ちかてつ》ピカデリー・サーカス駅《えき》――直後《ちょくご》――日中《にっちゅう》

帽子《ぼうし》の男性《だんせい》が、地下鉄駅《ちかてつえき》から明《あか》るい地上《ちじょう》に出《で》てきて、ほかの乗客《じょうきゃく》から離《はな》れる。あたりをちらりと見《み》まわしてから歩《ある》き始《はじ》める。

シーン4

屋内《おくない》　カフェ――日中《にっちゅう》

混《こ》みあって騒《さわ》がしい店内《てんない》。黒髪《くろかみ》をボブスタイルにしたウェイトレスがカメラの視界《しかい》に入《はい》ってくる。カメラは、店内《てんない》を優雅《ゆうが》に縫《ぬ》って進《すす》む彼女《かのじょ》と一緒《いっしょ》に、奥《おく》に近《ちか》い席《せき》に行《い》く。ウェイトレスが熱《あつ》い飲《の》み物《もの》をテーブルに置《お》く。そこにいるのは帽子《ぼうし》の男性《だんせい》、ダンブルドアだ。

ダンブルドア　ありがとう。
ウェイトレス　ほかにご注文《ちゅうもん》は？
ダンブルドア　いや、今《いま》はいい——人《ひと》を待《ま》っている。（眉根《まゆね》を寄《よ》せる）もう来《く》るはずだ。

ウェイトレスは頷《うなず》いて背《せ》を向《む》ける。ダンブルドアはその後《うし》ろ姿《すがた》を見送《みおく》り、紅茶《こうちゃ》に砂糖《さとう》を入《い》れてかき回《まわ》す。それから頭《あたま》を後《うし》ろにそらして目《め》を閉《と》じる。しばらくの間《あいだ》、休息《きゅうそく》している顔《かお》のダンブルドア。カメラはその姿《すがた》に固定《こてい》。やがて……ダンブルドアの顔《かお》に光《ひかり》が当《あ》たる。

ダンブルドアは目《め》を開《あ》けて、テーブルの脇《わき》に立《た》っている男《おとこ》を注意深《ちゅういぶか》く見《み》る——グリンデルバルドだ。

グリンデルバルド　ここが君《きみ》の行《い》きつけか？
ダンブルドア　行《い》きつけなどない。

グリンデルバルドは一瞬《いっしゅん》ダンブルドアを観察《かんさつ》し、テーブルの向《む》かい側《がわ》の椅子《いす》に座《すわ》る。

グリンデルバルド　見《み》せてくれ。

ダンブルドアはグリンデルバルドをじっと見《み》て、ゆっくりと手《て》を出《だ》し、「血《ち》の誓《ちか》い」の小瓶《こびん》を見《み》せる。彼《かれ》の手《て》の中《なか》で、小瓶《こびん》の鎖《くさり》が、まるで生《い》きているように、指《ゆび》の間《あいだ》で動《うご》く。

グリンデルバルド　今《いま》でも時々《ときどき》、それを首《くび》すじに感《かん》じる。何年《なんねん》も首《くび》にかけていたからね。君《きみ》の首《くび》すじではどんな感《かん》じがする？

ダンブルドア　お互《たが》いにそれから解放《かいほう》されよう。

グリンデルバルドはその言葉《ことば》を無視《むし》して、カフェを見回《みまわ》す。

グリンデルバルド　おしゃべりが好《す》きだな、マグルたちは。しかし、奴《やつ》らがうまい紅茶《こうちゃ》をいれるのは認《みと》める。

ダンブルドア　君《きみ》の行動《こうどう》はまともじゃない。
グリンデルバルド　そうしようと、二人《ふたり》で言《い》ったことだ。
ダンブルドア　若気《わかげ》の至《いた》りだ。私《わたし》は――
グリンデルバルド　――誓《ちか》った。私《わたし》に対《たい》して。お互《たが》いに対《たい》して。
ダンブルドア　いや、賛同《さんどう》した理由《りゆう》は――
グリンデルバルド　理由《りゆう》は？
ダンブルドア　君《きみ》を愛《あい》していた。

二人《ふたり》はじっと見《み》つめあう。ダンブルドアがまた目《め》をそらす。

グリンデルバルド　そうだな。しかしそれが賛同《さんどう》の理由《りゆう》じゃない。世界《せかい》を変《か》えようと言《い》ったのは君《きみ》だった。我々《われわれ》の生《う》まれながらの権利《けんり》だと。

グリンデルバルドは目《め》をやや閉《と》じて、椅子《いす》の背《せ》に寄《よ》りかかり、息《いき》を吸《す》う。

グリンデルバルド　臭《にお》うだろう？　この悪臭《あくしゅう》。こんなけだものたちのために、自分《じぶん》の仲間《なかま》に背《せ》を向《む》けるつもりか？

ダンブルドアの目《め》が動《うご》き、グリンデルバルドの冷酷《れいこく》なまなざしをとらえる。

グリンデルバルド　君《きみ》と一緒《いっしょ》だろうとなかろうと、アルバス、私《わたし》はやつらの世界《せかい》を焼《や》き尽《つ》くす。私《わたし》を止《と》めようとしても、君《きみ》には何《なに》もできない。紅茶《こうちゃ》を楽《たの》しみたまえ。

グリンデルバルドが去《さ》ると、低《ひく》い雑音《ざつおん》が戻《もど》ってくる。ダンブルドアは、テーブルの固《かた》い表面《ひょうめん》の上《うえ》で小刻《こきざ》みに震《ふる》える紅茶《こうちゃ》カップをじっと見《み》ている。カップの中《なか》で揺《ゆ》れる紅茶《こうちゃ》を見《み》ながら、ダンブルドアはもの思《おも》いにふけっている様子《ようす》だ。

カフェが炎《ほのお》に包《つつ》まれていき、カメラはその様子《ようす》にしばらく固定《こてい》。カメラがその中《なか》に入《はい》っていく……

シーン5 屋内《おくない》 ダンブルドアの部屋《へや》――ホグワーツ――朝《あさ》

ダンブルドアが目《め》を閉《と》じて、窓際《まどぎわ》に立《た》っている。カメラがゆっくりとダンブルドアに焦点《しょうてん》を合《あ》わせると、彼《かれ》は目《め》を開《あ》け、時間《じかん》が現在《げんざい》に移《うつ》る。

ダンブルドアは「血《ち》の誓《ちか》い」の小瓶《こびん》を手《て》にしている。小瓶《こびん》の鎖《くさり》が手首《てくび》に巻《ま》き付《つ》いている。

シーン6 屋外《おくがい》 湖《みずうみ》――天子山脈《ティアンジさんみゃく》――同《おな》じ時《とき》――夜《よる》

広大《こうだい》な美《うつく》しい風景《ふうけい》。月《つき》が低《ひく》くかかり、湖《みずうみ》に影《かげ》を落《お》とす山《やま》――エンジェル・アイ山《さん》――湖《みずうみ》に映《うつ》るその山影《やまかげ》から壮大《そうだい》な石灰岩《せっかいがん》の柱《はしら》がいくつか立《た》ち上《あ》がっている。

ニュートが、湖《みずうみ》を漕《こ》ぎ渡《わた》っている。

シーン7　屋外《おくがい》　天子山脈《ティアンジさんみゃく》――直後《ちょくご》――夜《よる》

小刻《こきざ》みに上下《じょうげ》するいかだを後《あと》に残《のこ》して、漕《こ》ぎ手《て》がそっと岸《きし》に上《あ》がる。カメラはニュート・スキャマンダーの姿《すがた》を映《うつ》し出《だ》す。

ニュートが竹藪《たけやぶ》をかき分《わ》けて登《のぼ》っていく。湖《みずうみ》と川《かわ》の支流《しりゅう》はその背後《はいご》に遠《とお》ざかっていく。

遠《とお》くで動物《どうぶつ》の啼《な》く声《こえ》が、感情《かんじょう》を掻《か》きたてるようにあたりに響《ひび》く。ニュートはしばしその声《こえ》を聞《き》く。ニュートの肩《かた》にいるピケットも聞《き》く。

ニュート　（ささやく）いよいよだ。

シーン8

屋外《おくがい》　谷間《たにま》――天子山《ティアンジさん》脈《みゃく》――直後《ちょくご》――夜《よる》

ニュートは大聖堂《だいせいどう》のような窪地《くぼち》の入口《いりぐち》まで、急《いそ》いで、しかし注意深《ちゅういぶか》く進《すす》む。近《ちか》づくと、中《なか》で半分影《はんぶんかげ》に隠《かく》れて、何《なに》かが動《うご》く。

シーン9

屋外《おくがい》　谷間《たにま》――天子山《ティアンジさん》脈《みゃく》――直後《ちょくご》――夜《よる》

ニュートが動物《どうぶつ》の背中《せなか》をやさしくなでる。動物《どうぶつ》がそっと寝返《ねがえ》りを打《う》つ。メスのキリン（麒麟《きりん》）だ。体《からだ》にはドラゴンの部分《ぶぶん》と馬《うま》の部分《ぶぶん》があり、力強《ちからづよ》く、しかもやさしさを備《そな》えている。息遣《いきづか》いが荒《あら》く、体《からだ》の表面《ひょうめん》がぴくぴく動《うご》いている。体表《たいひょう》に、虫《むし》やジャングルの小枝《こえだ》や葉土《ようど》などが固《かた》まりついている。

キリンがまた声《こえ》をあげる。

金色《きんいろ》の光《ひかり》がキリンの体《からだ》の下《した》の地面《じめん》に溢《あふ》れる。ニュートはうっとりして微笑《ほほえ》む。母親《ははおや》の下《した》からゆっくりと、キリンの赤《あか》ちゃんが這《は》い出《だ》してくる。美《うつく》しくか弱《よわ》い。まだよく見《み》えない目《め》をパチパチさせ、物珍《ものめずら》しそうにあたりを嗅《か》ぎまわっている。赤《あか》ちゃんが小《ちい》さく啼《な》き声《ごえ》をあげ、小《ちい》さな体《からだ》から金色《きんいろ》の光《ひかり》を断続的《だんぞくてき》に放《はな》っている。光《ひかり》が一瞬《いっしゅん》、赤《あか》ちゃんを覗《のぞ》き込《こ》んでいるニュートとピケットの顔《かお》を照《て》らす。

ニュートはその場《ば》から少《すこ》し離《はな》れて、キリンの母親《ははおや》が赤《あか》ちゃんをなめてきれいにする様子《ようす》を眺《なが》める。赤《あか》ちゃんはまだ足元《あしもと》がおぼつかなく、震《ふる》えたり、転《ころ》んだりしている。

ニュート　（ピケットから視線《しせん》を離《はな》して）美《うつく》しいな。

（間《ま》）

君《きみ》たち、いいかい。さあ、ちょっと大変《たいへん》だけど。

ニュートがカバンを引《ひ》き寄《よ》せて、そっと開《あ》ける。蓋《ふた》の裏《うら》にティナの写真《しゃしん》が留《と》めてあるのが見《み》える。

深《ふか》い藪《やぶ》の中《なか》を、複数《ふくすう》の人影《ひとかげ》が近《ちか》づいてくる。杖《つえ》を手《て》にしている……

……グリンデルバルドの従者《アコライト》のロジエールとカローが、貪欲《どんよく》な目《め》つきで赤《あか》ちゃんキリンを見《み》ながら、近《ちか》づいてくる。

ロジエールとカローが杖《つえ》を上《あ》げて**シューッ**と放《はな》った呪文《じゅもん》が、母親《ははおや》キリンの体《からだ》に当《あ》たってうろこがめくれる。母《はは》キリンはよろけ、夜《よる》の闇《やみ》に向《む》かって大《おお》きく啼《な》く。そして――足《あし》がふらついて――倒《たお》れる。

攻撃《こうげき》に対抗《たいこう》して――

ニュートは防衛呪文《ぼうえいじゅもん》を放《はな》ち、盾《たて》を広《ひろ》げるが、すでに遅《おそ》かった。

振《ふ》り返《かえ》ると、二人《ふたり》のアコライトの間《あいだ》に黒《くろ》い人影《ひとかげ》が一つ現《あらわ》れる。クリーデンスだ。杖《つえ》でニュートの盾《たて》を打《う》ち砕《くだ》いたクリーデンスは、以前《いぜん》より大人《おとな》になり、自信《じしん》に満《み》ちている。

ニュートは杖《つえ》を自分《じぶん》のカバンに向《む》ける。

ニュート　アクシオ！　カバンよ　来《こ》い！

カバンが彼《かれ》の手《て》に飛《と》んでくる。

クリーデンスが盾《たて》を破《やぶ》って進《すす》んでくる。ニュートは谷間《たにま》から飛《と》び出《だ》し、危険《きけん》な傾斜地《けいしゃち》の藪《やぶ》を、跳《と》んだり躓《つまず》いたり転《ころ》んだりしながら駆《か》け下《お》りていく。

背後《はいご》からバーンと飛《と》んできた強烈《きょうれつ》な呪文《じゅもん》が、ニュートの周《まわ》りの竹《たけ》を裂《さ》き、カバンがニュートの手《て》を離《はな》れて転《ころ》がる。

ニュートの向《む》こうに、恐怖《きょうふ》にかられたか弱《よわ》いキリンの赤《あか》ちゃんが、藪《やぶ》の中《なか》に立《た》っているのが見《み》える。

ニュートが急《いそ》ぎながら周囲《しゅうい》を見《み》まわすと……

……ぶつかったり跳《は》ねたりしながら坂《さか》を転《ころ》がり落《お》ちてくるカバンから足《あし》が二本《ほん》突《つ》き出《で》ていて、ニュートに向《む》かってカバンを操縦《そうじゅう》している。

カローが両手《りょうて》をキリンの赤《あか》ちゃんに伸《の》ばしながら、ニュートに向《む》かって呪文《じゅもん》を放《はな》つ。ニュートが反撃《はんげき》して、カローを後《うし》ろに投《な》げ飛《と》ばす。

バーン！　ニュートが身《み》を屈《かが》めて赤《あか》ちゃんキリンに腕《うで》を回《まわ》し、抱《だ》き上《あ》げようとしたとき、頭《あたま》をかすめて呪文《じゅもん》が飛《と》んでいく。そして、続《つづ》いて飛《と》んできたもう一つの呪文《じゅもん》がニュートを直撃《ちょくげき》し、ニュートの体《からだ》を高々《たかだか》と吹《ふ》き飛《と》ばして湖《みずうみ》に落下《らっか》させる。

下《した》からのカメラ。ニュートの体《からだ》が、渦巻《うずま》く水《みず》の中《なか》に深々《ふかぶか》と落《お》ちていく。

水《みず》の表面《ひょうめん》が泡立《あわだ》ち、ピケットが頭《あたま》を出《だ》して、岸《きし》と平行《へいこう》に泳《およ》いでいく。気《き》を失《うしな》ったニュートが、反対側《はんたいがわ》の岸《きし》に流《なが》れ着《つ》くのを、心配《しんぱい》そうに見《み》ている。

ワイドショット

……そこはいく筋《すじ》もの美《うつく》しい滝《たき》の下《した》だ。滝《たき》はエンジェル・アイ山《さん》から落《お》ちている。

しばらくの間《あいだ》、ニュートはぼーっとして目《め》をしばたきながら空《そら》を見上《みあ》げている。やがて頭《あたま》を持《も》ち上《あ》げる。

ニュートの主観《しゅかん》ショット

……ザビニが袋《ふくろ》を持《も》ち、ロジエールがキリンの赤《あか》ちゃんに手《て》を伸《の》ばして捉《とら》え、乱暴《らんぼう》に袋《ふくろ》に押《お》し込《こ》む。**シューッ！**　全員《ぜんいん》がたちまち消《き》える。

ニュートがやっとのことで立《た》ち上《あ》がる。

カット　画面切《がめんき》り替《か》え

……ニュートがよろよろと谷間《たにま》に戻《もど》る。傷《きず》ついていない片腕《かたうで》をカバンに回《まわ》し、窪地《くぼち》の一番高《いちばんたか》い縁《ふち》にやってくる。母《はは》キリンが暗《くら》がりの中《なか》にじっと横《よこ》たわっている。ニュートはキリンの動《うご》かない体《からだ》にもたれかかって倒《たお》れる。痛々《いたいた》しく胸《むね》を波打《なみう》たせている。

ニュート　かわいそうに。

ニュートは、わずかに目《め》を開《あ》けて真《ま》っ暗《くら》な空《そら》を眺《なが》める。瞼《まぶた》が重《おも》くなる……眠気《ねむけ》が襲《おそ》う……呼吸《こきゅう》が緩《ゆる》やかになってくる……そのとき――

ニュートの顔《かお》を柔《やわ》らかい光《ひかり》が照《て》らす。

ニュートの目《め》がピクリと動《うご》き、開《ひら》く。体《からだ》の下《した》の地面《じめん》が輝《かがや》いている。

ニュートが母《はは》キリンの様子《ようす》を見《み》る。キリンの目元《めもと》がぴくぴく動《うご》き、そして……

……静《しず》けさを破《やぶ》って、柔《やわ》らかな産声《うぶごえ》。ニュートの背後《はいご》の光《ひかり》が輝《かがや》きを増《ま》す。ニュートが振《ふ》り返《かえ》って見《み》つめていると……

……二頭目《とうめ》のキリンの赤《あか》ちゃんが這《は》い出《だ》してくる。外《そと》に出《で》ると、赤《あか》ちゃんは不思議《ふしぎ》そうにあたりを眺《なが》め、ニュートと目《め》が合《あ》う。ニュートが微笑《ほほえ》む。キリンの赤《あか》ちゃんがニュートの腕《うで》の中《なか》に潜《もぐ》り込《こ》んでくる。ニュートが母《はは》キリンを振《ふ》り返《かえ》り……そして動《うご》きを止《と》める。

ニュート　双子《ふたご》だよ。双子《ふたご》だったよ……

ニュートの目《め》の前《まえ》で、母親《ははおや》の目《め》から涙《なみだ》が一粒《ひとつぶ》零《こぼ》れ落《お》ち、瞳孔《どうこう》が開《ひら》いていく。ニュートは悲《かな》しい顔《かお》をする。体《からだ》をねじって、命《いのち》の火《ひ》が消《き》えた母《はは》キリンに寄《よ》りそう。

ピケットがニュートのポケットから、ゆっくりと顔《かお》を覗《のぞ》かせ、驚《おどろ》いて赤《あか》ちゃんキリンを、じっと見《み》つめる。

ニュートがカバンに向《む》かって頷《うなず》くと、ピケットが飛《と》び出《だ》してカバンの留《と》め金《がね》の一方《いっぽう》の前《まえ》に立《た》ち、ニュートを振《ふ》り返《かえ》って指示《しじ》を待《ま》つ。キリンの赤《あか》ちゃんを抱《だ》いたまま、ニュートが片方《かたほう》の留《と》め金《がね》を開《あ》け、ピケットがもう一方《いっぽう》を開《あ》ける。

ニフラーのテディが顔《かお》を出《だ》し、ニュートを見《み》て、次《つぎ》にキリンの赤《あか》ちゃんを見《み》る。

カバンの深《ふか》いところから、二本脚《ほんあし》のドラゴン、ワイバーンが出《で》てきて、体《からだ》が空《そら》に伸《の》びていく。カバンの蓋《ふた》の内側《うちがわ》に貼《は》ってあるティナ・ゴールドスタインの写真《しゃしん》を通《とお》り過《す》ぎ、テディを通《とお》り越《こ》し、カバンの外《そと》に出《で》て、エンジェル・アイ山《さん》へと上昇《じょうしょう》していく。

ワイバーンの体《からだ》が、魔法《まほう》のように、みるみる美《うつく》しく膨《ふく》らむ。ニュートは最後《さいご》の力《ちから》を振《ふ》り絞《しぼ》って、キリンの赤《あか》ちゃんを抱《だ》き寄《よ》せ、コートの中《なか》に入《い》れる。赤《あか》ちゃんは、ニュートの腕《うで》の中《なか》で震《ふる》えながら弱々《よわよわ》しく啼《な》く。

ワイバーンの尾《お》がニュートに巻《ま》き付《つ》き、ニュートとキリンの赤《あか》ちゃんはそっと空中《くうちゅう》に持《も》ち上《あ》げられる。

ワイバーンが空高《そらたか》く舞《ま》い上《あ》がる。雄大《ゆうだい》な翼《つばさ》が優雅《ゆうが》に広《ひろ》がり、ニュートとキリンの赤《あか》ちゃんを運《はこ》んで、広大《こうだい》な滝《たき》を越《こ》え、地平線《ちへいせん》へと飛《と》んでいく。地平線《ちへいせん》にかすかに曙光《しょこう》がさし始《はじ》める。

映画《えいが》のタイトルが現《あらわ》れる。

ダンブルドアの秘密《ひみつ》

シーン10 屋外《おくがい》 城《しろ》の入口《いりぐち》、中庭《なかにわ》――ヌルメンガード城《じょう》――朝《あさ》

カメラを流《なが》す。グリンデルバルドが城《しろ》を出《で》てくる。アコライトたちが中庭《なかにわ》の端《はし》のほうに「姿《すがた》あらわし」する。

クリーデンスが、ほかのアコライトから離《はな》れる。

グリンデルバルドの目《め》は、クリーデンスの手《て》にした袋《ふくろ》に向《む》けられたまま。ロジエールが――黙《だま》って、あたりに目《め》を配《くば》りながら――近《ちか》くを歩《ある》き回《まわ》っている。グリンデルバルドが進《すす》み出《で》る。

グリンデルバルド　外《はず》せ。

アコライトたちは黙《だま》って立《た》ち去《さ》る。一人《ひとり》か二人《ふたり》が振《ふ》り返《かえ》る。クリーデンスが今《いま》やグリンデルバルドの一番《いちばん》のお気《き》に入《い》りだと気《き》が付《つ》く。クリーデンスと二人《ふたり》きりになると、グリンデルバルドは

袋《ふくろ》に向《む》かって頷《うなず》く。

グリンデルバルド　見《み》せろ。

グリンデルバルドはキリンを受《う》け取《と》り、その濡《ぬ》れた目《め》をじっと覗《のぞ》き込《こ》む。キリンの震《ふる》える鼻先《はなさき》から、鼻水《はなみず》が出《で》てくる。

クリーデンス　みんなが、こいつは特別《とくべつ》な生《い》き物《もの》だと言《い》った。

グリンデルバルド　ああ、特別以上《とくべついじょう》だ。こいつの目《め》が見《み》えるか？　すべてを見通《みとお》す目《め》だ。キリンが生《う》まれるとき、正当《せいとう》な指導者《しどうしゃ》が現《あらわ》れ、世界《せかい》を変《か》える。キリンの誕生《たんじょう》は、クリーデンスよ、すべてに変化《へんか》をもたらす。

クリーデンスがキリンを、何《なに》か問《と》いたげに見《み》る。

グリンデルバルド　よくやった。

グリンデルバルドがクリーデンスの頬《ほほ》に手《て》を当《あ》てる。クリーデンスは、そんな親《した》し気《げ》な触《ふ》れ方《かた》に不慣《ふな》れだというふうに、おずおずと自分《じぶん》の手《て》をグリンデルバルドの手《て》に添《そ》える。

グリンデルバルド　行《い》け。休《やす》め。

シーン11　屋内《おくない》　居間《いま》――同《おな》じ時《とき》――朝《あさ》

クイニーが、クリーデンスが見《み》えなくなるのを眺《なが》めている。それからグリンデルバルドに注意《ちゅうい》を移《うつ》す。グリンデルバルドは、魅入《みい》られたようにキリンを眺《なが》めながら、敷石《しきいし》の上《うえ》にそっとキリンを下《お》ろす。

グリンデルバルドが手《て》を伸《の》ばして、キリンをそっと立《た》たせ、安定《あんてい》させる。それからキリンの前《まえ》に立《た》つ。しばらくの間《あいだ》、何事《なにごと》も起《お》こらない。それから、キリンがゆっくりと頭《あたま》を上《あ》げ、疲《つか》れ切《き》った眼《め》でグリンデルバルドをじっと見《み》る。グリンデルバルドは何《なに》かを期待《きたい》するようにキリンをじっと見《み》る。そうして長《なが》い間《あいだ》見《み》つめあう。やがて……

……キリンが顔《かお》を背《そむ》ける。グリンデルバルドの表情《ひょうじょう》が硬《かた》くなる。キリンを抱《だ》き上《あ》げて両腕《りょううで》に抱《かか》える。コートに片手《かたて》を突《つ》っ込《こ》み、その手《て》を出《だ》したときに一瞬《いっしゅん》何《なに》かがギラリと光《ひか》る。グリンデルバルドの腕《うで》が上《あ》がり、そして……

……敷石《しきいし》に血《ち》が飛《と》び散《ち》り、グリンデルバルドの手《て》にしたギラリと光《ひか》る刃物《はもの》が赤《あか》く染《そ》まっている。

クイニーが息《いき》をのむ――ほとんど聞《き》こえないくらいの小《ちい》さな声《こえ》で。

血《ち》の海《うみ》の中《なか》に、何《なに》かが見《み》える。雪《ゆき》の上《うえ》を歩《ある》く二つの人影《ひとかげ》が、高《たか》いところから見下《みお》ろす形《かたち》で映《うつ》っている。

カット　画面切《がめんき》り替《か》え

シーン12 屋外《おくがい》 ホグズミード村《むら》——日中《にっちゅう》

ニュートとテセウスが雪《ゆき》の中《なか》を歩《ある》いていく。ぼろぼろになったグリンデルバルドのおたずね者《もの》人相書《にんそうがき》のそばを通《とお》り過《す》ぎる。——「この魔法使《まほうつか》いを見《み》ませんでしたか？」

テセウス　どういうことなのか、話《はな》してくれる気《き》はないんだろうな。

ニュート　あの人《ひと》はただ、会《あ》おうとしか言《い》わなかった。必《かなら》ず兄《にい》さんを連《つ》れて来《こ》いと言《い》われた。

テセウス　そうか。

テセウスはホグズミードに向《む》かって歩《ある》きながらニュートを観察《かんさつ》する。

シーン13　屋内《おくない》　ホッグズ・ヘッド――直後《ちょくご》――日中《にっちゅう》

顎鬚《あごひげ》の店主《てんしゅ》（アバーフォース・ダンブルドア）が、カウンターの中《なか》にある鏡《かがみ》を、汚《よご》れた布《ぬの》で拭《ふ》いている。ニュートとテセウスが入《はい》ってくる姿《すがた》が鏡《かがみ》に映《うつ》り、アバーフォースがうさんくさそうに見《み》る。二人《ふたり》が汚《きたな》らしい店内《てんない》を眺《なが》める間《あいだ》、鏡《かがみ》を拭《ふ》き続《つづ》ける。

アバーフォース　俺《おれ》の兄《あに》に会《あ》いに来《き》たのだろうな？

ニュートが進《すす》み出《で》る。

ニュート　アルバス・ダンブルドアに会《あ》いに来《き》ました。

アバーフォースは鏡《かがみ》の中《なか》の二人《ふたり》をもう一度《いちど》見《み》る。そして振《ふ》り返《かえ》る。

アバーフォース　それが俺《おれ》の兄《あに》だ。
ニュート　あ、すみません。あの……そうですか。僕《ぼく》はニュート・スキャマンダーで、
こっちは――

ニュートが手《て》を差《さ》し出《だ》すが、アバーフォースはそっぽを向《む》く。

アバーフォース　上《うえ》の階《かい》。左《ひだり》の最初《さいしょ》の部屋《へや》。

ニュートは手《て》を差《さ》し出《だ》したまましばらく立《た》っているが、やがて頷《うなず》いてテセウスを振《ふ》り返《かえ》る。テセウスはちょっと眉《まゆ》を上《あ》げる。

シーン14

屋内《おくない》　上《うえ》の階《かい》――ホッグズ・ヘッド――続《つづ》き――日中《にっちゅう》

ダンブルドア　ニュートが用件《ようけん》を話《はな》したかね？

テセウス　そうするはずでしたか？

テセウスのやや挑戦的《ちょうせんてき》な口調《くちょう》を感《かん》じ取《と》り、ダンブルドアがテセウスをよく見《み》る。

ダンブルドア　いや、確《たし》かにちがう。

テセウスはニュートに目《め》を向《む》けるが、ニュートはその視線《しせん》を受《う》けとめるのにまごつく。

ニュート　僕《ぼく》たちは――ダンブルドアは――兄《にい》さんに話《はな》したいことがあって。ある提案《ていあん》なんだけど。

テセウスは弟《おとうと》を観察《かんさつ》し、それからダンブルドアを観察《かんさつ》する。

テセウス　いいでしょう。

ダンブルドアは部屋《へや》を横切《よこぎ》って「血《ち》の誓《ちか》い」の小瓶《こびん》をテーブルから取《と》り上《あ》げ、暖炉《だんろ》の火《ひ》にかざしてぶらぶらさせる。

ダンブルドア　これがなんだかわかるね。もちろん。

テセウス　ニュートがパリでそれを手《て》に入《い》れた。その手《て》のものに十分経験《じゅうぶんけいけん》があるわけではないですが、「血《ち》の誓《ちか》い」のようですね。

ダンブルドア　その通《とお》りだ。

テセウス　中身《なかみ》は誰《だれ》の血《ち》ですか？

ダンブルドア　私《わたし》のだ。

（間《ま》）

テセウス　そしてグリンデルバルドのだ。だから、あなたは彼《かれ》と戦《たたか》えないのでしょうね？
ダンブルドア　そうだ。彼《かれ》も私《わたし》と戦《たたか》えない。

テセウスは頷《うなず》いて、「血《ち》の誓《ちか》い」の小瓶《こびん》を見《み》る。まるで古《ふる》い時計《とけい》の錘《おもり》のように、血《ち》の滴《しずく》がお互《たが》いの周《まわ》りを回《まわ》っている。

テセウス　何《なに》にとりつかれれば、そんなものが作《つく》れるのか、お聞《き》きしてもよいですか？
ダンブルドア　愛《あい》、傲慢《ごうまん》、純真《じゅんしん》さ。どの毒《どく》でも好《す》きなのを選《えら》んでくれ。我々《われわれ》は若《わか》く、世界《せかい》を変《か》えようとしていた。この誓《ちか》いは、必《かなら》ずそうするという保証《ほしょう》だった。どちらかが心変《こころが》わりしても。
テセウス　あなたが彼《かれ》と戦《たたか》ったらどうなりますか？

ニュートは期待《きたい》するようにダンブルドアを見《み》るが、ダンブルドアは小瓶《こびん》を見《み》つめたまま無言《むごん》。

ダンブルドア　実《じつ》に美《うつく》しい。
しかし、私《わたし》が誓《ちか》いを破《やぶ》ろうと考《かんが》えただけでも……

小瓶《こびん》が赤《あか》く光《ひか》って飛《と》び出《だ》し、床《ゆか》から跳《は》ね返《かえ》って壁《かべ》にあたる。ダンブルドアが杖《つえ》を抜《ぬ》いて小瓶《こびん》を狙《ねら》うと、まだダンブルドアの腕《うで》に巻《ま》き付《つ》いたままの鎖《くさり》が肉《にく》に深《ふか》く食《く》い込《こ》んで腕《うで》を締《し》め付《つ》ける。

ニュートとテセウスが見《み》ていると、ダンブルドアは、壁《かべ》をガリガリ削《けず》っている小瓶《こびん》に近《ちか》づく。その顔《かお》に、小瓶《こびん》に隷属《れいぞく》しているかのような不可思議《ふかしぎ》な笑《え》みが浮《う》かぶ。

ダンブルドア　こいつにはわかるのだ……

ダンブルドアはその場《ば》に立《た》ちすくんで小瓶《こびん》を見《み》つめる。鎖《くさり》に締《し》め付《つ》けられた手《て》の血管《けっかん》が、ひどく膨《ふく》れ上《あ》がっている。ダンブルドアは顔《かお》をしかめ、杖《つえ》が指《ゆび》から落《お》ちる。

ダンブルドア　こいつは、私《わたし》の心《こころ》の裏切《うらぎ》りを感《かん》じ取《と》っている……

ニュートが小瓶《こびん》に目《め》を向《む》けると、血《ち》の滴《しずく》が、瓶《びん》の中《なか》でますます激《はげ》しく互《たが》いに回《まわ》り込《こ》んでいる。

……ダンブルドアは、壁《かべ》を削《けず》るように激《はげ》しく震《ふる》えている小瓶《こびん》を見《み》つめ続《つづ》けている。手《て》にした鎖《くさり》が、ダンブルドアの喉元《のどもと》に蛇《へび》のようにゆっくりと這《は》い上《あ》がり、首《くび》に巻《ま》き付《つ》く……

ニュート　アルバス……

……首《くび》を絞《し》め付《つ》け、さらに強《つよ》く絞《し》め付《つ》け……

ニュート　アルバス……

……ダンブルドアの目《め》が白目《しろめ》を見《み》せ始《はじ》める。

ニュート　アルバス！

「血《ち》の誓《ちか》い」の小瓶《こびん》が床《ゆか》に落《お》ち、ダンブルドアの手《て》に戻《もど》る。鎖《くさり》は首《くび》からするすると外《はず》れて、再《ふた》び小瓶《こびん》につながる。鎖《くさり》が徐々《じょじょ》に緩《ゆる》み、ダンブルドアの胸《むね》は、呼吸《こきゅう》のしかたを思《おも》い出《だ》したかのように隆起《りゅうき》する。ダンブルドアが手《て》を開《ひら》く。その掌《てのひら》で小瓶《こびん》が少《すこ》しの間震《あいだふる》え、やがて静《しず》かになる。

ダンブルドア　今《いま》のは序《じょ》の口《くち》だ。若造《わかぞう》の魔法《まほう》だが、見《み》た通《とお》り強力《きょうりょく》だ。取《と》り消《け》せない。

テセウス　提案《ていあん》というのは、キリンと関《かか》わっているのですね？

ダンブルドアの目《め》がニュートを見《み》る。

ニュート　兄《あに》は秘密《ひみつ》を守《まも》ります。

ダンブルドアはテセウスに向《む》き直《なお》り、質問《しつもん》に答《こた》える。

ダンブルドア　彼《かれ》を倒《たお》すつもりなら、キリンはほんの一部《いちぶ》に過《す》ぎない。我々《われわれ》の知《し》る世界《せかい》が崩《くず》れようとしている。ゲラートが、憎《にく》しみと偏見《へんけん》で引《ひ》き裂《さ》こうとしている。彼《かれ》を止《と》めなければ、今日《きょう》は想像《そうぞう》もつかないことが、明日《あす》には不可避《ふかひ》の現実《げんじつ》になる。もし私《わたし》の依頼《いらい》を受《う》けてくれるなら、私《わたし》を信《しん》じなければならない。たとえ直感《ちょっかん》が信《しん》じるなと言《い》っても。

テセウスはニュートを見《み》る。そして最後《さいご》にもう一度《いちど》ダンブルドアの目《め》を見《み》る。

テセウス　伺《うかが》いましょう。

シーン15　屋内《おくない》　クリーデンスの部屋《へや》――ヌルメンガード城《じょう》――日中《にっちゅう》

カメラがクリーデンスの顔《かお》をとらえる。鏡《かがみ》に映《うつ》る自分自身《じぶんじしん》の目《め》を見《み》て、片手《かたて》を上《あ》げる。見《み》ているうちに、ハエが彼《かれ》の腕《うで》を這《は》う。クリーデンスは釘《くぎ》づけになって見入《みい》っているが、やがて視線《しせん》がほかのものに移《うつ》る。

クイニーが部屋《へや》の入口《いりぐち》に立《た》っている。

クリーデンス あの人《ひと》が、君《きみ》を送《おく》り込《こ》んだ？ 僕《ぼく》をスパイするため？

クイニー いいえ、でも彼《かれ》はいつも聞《き》くわ。あなたが何《なに》を考《かんが》えているのか、何《なに》を感《かん》じているのか。

クリーデンス ほかの連中《れんちゅう》のことは？ 何《なに》を考《かんが》え、何《なに》を感《かん》じているか、君《きみ》に聞《き》くのか？

クイニー ええ、でも主《おも》にあなたのことよ。

クリーデンス 報告《ほうこく》するのか？

クイニーは答《こた》えかけて、口《くち》ごもる。手《て》の血管《けっかん》が普通《ふつう》の状態《じょうたい》に戻《もど》ってから、クリーデンスが振《ふ》り向《む》いて、初《はじ》めてクイニーをまっすぐに見《み》る。

クリーデンス　言《い》うんだな?

クリーデンスが笑《わら》いかけるが、その笑顔《えがお》には人《ひと》を不安《ふあん》にさせるものがある。

クリーデンス　今《いま》、誰《だれ》が誰《だれ》の心《こころ》を読《よ》んでいるのかな?
(笑顔《えがお》が消《き》える)何《なに》が見《み》えるか言《い》ってくれ。

クイニーはクリーデンスを見《み》て、話《はな》す。

クイニー　あなたはダンブルドアよ。名門《めいもん》の家系《かけい》――グリンデルバルドがあなたにそう教《おし》えたから、あなたはそれを知《し》っている。彼《かれ》は、ダンブルドア一族《いちぞく》があなたを捨《す》てたとも言《い》った。あなたが汚《けが》れた秘密《ひみつ》だから。ダンブルドアが自分《じぶん》を捨《す》てたとも言《い》った。だからあなたの気持《きも》ちがわかるって。そして、それだから……だから、彼《かれ》はあなたに、ダンブルドアを殺《ころ》せと言《い》った。

クリーデンスの笑顔《えがお》が凍《こお》り付《つ》く。

クリーデンス　もう出《で》ていってくれ、クイニー。

クイニーは頷《うなず》いて出《で》ていきかけ、ドアのところで止《と》まる。

クイニー　私《わたし》、彼《かれ》に言《い》わないわ。いつでも報告《ほうこく》するわけじゃないし、何《なに》もかも言《い》うわけじゃない。

クイニーは出《で》ていき、そっとドアを閉《し》める。クリーデンスは立《た》ったまま、しばらく動《うご》かない。やがて鏡《かがみ》が彼《かれ》の目《め》を引《ひ》く。ゆっくりと、見《み》えない手《て》で書《か》かれたかのように、鏡《かがみ》の表面《ひょうめん》に文字《もじ》が現《あらわ》れる。

……許《ゆる》してくれ……

クリーデンスは驚《おどろ》いた様子《ようす》もなく、前《まえ》に踏《ふ》み出《だ》して手《て》を上《あ》げる……そして鏡《かがみ》の文字《もじ》を消《け》す。

シーン16
屋外《おくがい》　コワルスキーのパン屋《や》――ローワー・イースト・サイド――夜明《よあ》け前《まえ》

あちこちへこんだメタルのシャッターがガラガラと上《あ》がり、カメラは寒《さむ》さの中《なか》に立《た》っているジェイコブ・コワルスキーの一人《ひとり》ぼっちでうら悲《がな》しい姿《すがた》を映《うつ》す。ジェイコブはわびしそうに店内《てんない》を見《み》つめる。

シーン17

屋内《おくない》　コワルスキーのパン屋《や》――続《つづ》き――夜《よ》明《あ》け前《まえ》

パン焼《や》き窯《がま》の戸《と》を開《あ》けて、ジェイコブが覗《のぞ》き込《こ》む。窯《かま》の火《ひ》が消《き》えていないことを確《たし》かめる。

毛《け》ブラシをつかんで店《みせ》の正面《しょうめん》の窓《まど》に近《ちか》づき、昨日《きのう》のパン屑《くず》を掃《は》き集《あつ》める。ときどきゴキブリを追《お》い払《はら》う。

シーン18

屋内《おくない》　奥《おく》の仕事場《しごとば》――コワルスキーのパン屋《や》――直後《ちょくご》――夜《よ》明《あ》け前《まえ》

ウェディング・ケーキのクローズアップ

白砂糖《しろざとう》のアイシング。祭壇《さいだん》はあめでできている。祭壇《さいだん》にはミニチュアのフィギュアが二つ——花嫁《はなよめ》は祭壇《さいだん》の前《まえ》にしっかり立《た》ち、花婿《はなむこ》はアイシングの上《うえ》にうつ伏《ぶ》せに倒《たお》れている。

ジェイコブは花婿《はなむこ》をそっと取《と》り上《あ》げる。そのとき——ビリリリ！——店《みせ》のベルが鳴《な》る。

ジェイコブは花婿《はなむこ》をアイシングの上《うえ》に戻《もど》す。

シーン19 屋内《おくない》 コワルスキーのパン屋《や》——直後《ちょくご》——夜明《よあ》け前《まえ》

エプロンを肩《かた》に掛《か》けてジェイコブが出《で》てくるが、はっとして止《と》まる。

ジェイコブ　へイ、まだ開店前《かいてんまえ》——

女性《じょせい》が向《む》こう端《はし》のパンケースを覗《のぞ》いている。

ジェイコブ　クイニー。

女性《じょせい》が振《ふ》り向《む》いてにっこりする。クイニーだ。

クイニー　おはよう、ハニー。

ジェイコブが近《ちか》づく。

クイニー　ハニー、お店《みせ》をごらんなさいな。まるでゴーストタウンだわ。

ジェイコブ　ああ、なあ、俺《おれ》……俺《おれ》……会《あ》いたかったよ。

ジェイコブの目《め》に涙《なみだ》が溢《あふ》れてくる。

クイニー　ああ、ベイビー。こっちへきて……こっち。

クイニーがジェイコブを抱《だ》く。ジェイコブが目《め》を閉《と》じる。

クイニー　心配《しんぱい》いらないわ。何《なに》もかもうまくいくから……

アングルが変《か》わる――空《から》っぽの店《みせ》でジェイコブが自分《じぶん》をハグしている。

ジェイコブが目《め》を開《あ》けて、空《から》っぽの腕《うで》の中《なか》を見《み》る。ため息《いき》。店先《みせさき》の薄汚《うすよご》れたショーウインドウを通《とお》して、通《とお》りの向《む》こう側《がわ》のバス停《てい》のベンチに座《すわ》っている、内気《うちき》そうな若《わか》い女性《じょせい》（ラリー・ヒックス）の姿《すがた》が見《み》える。

シーン20 屋外《おくがい》 バス停《てい》――ローワー・イースト・サイド―― 夜明《よあ》け前《まえ》

ラリーが何《なに》かを読《よ》み始《はじ》める。すぐ近《ちか》くに、彼女《かのじょ》に近《ちか》づいていく三人《さんにん》の労働者《ろうどうしゃ》が見《み》える。

一人《ひとり》があとの二人《ふたり》から離《はな》れて、ラリーに近《ちか》づく。

労働者《ろうどうしゃ》1　よう、ねえちゃん。なんでこんなとこにいるんだ?

ラリーは本《ほん》を読《よ》み続《つづ》ける。

ラリー　一日中考《にちじゅうかんが》えて、そんなことしか言《い》えないのかしら?

男《おとこ》はちょっとたじたじになるが、ラリーは膝《ひざ》の上《うえ》の本《ほん》を読《よ》みふけっている。

労働者《ろうどうしゃ》1　怖《こわ》い目《め》にあいてえのか？　そうなのか？

ラリーが厳格《げんかく》な顔《かお》で男《おとこ》を観察《かんさつ》し、その間《あいだ》、労働者《ろうどうしゃ》は期待顔《きたいがお》で待《ま》つ。そして――

ラリー　わかっているでしょうけど、あなた、それほど怖《こわ》くないわよ。

労働者《ろうどうしゃ》1　俺《おれ》、十分《じゅうぶん》に怖《こわ》いと思《おも》うぜ。そう見《み》えないか？

男《おとこ》は仲間《なかま》の二人《ふたり》を振《ふ》り返《かえ》る。二人《ふたり》は、あいまいな顔《かお》をする。

ラリー　両腕《りょううで》を振《ふ》り回《まわ》してみたら？　ほら、イカれた人《ひと》みたいに。そうすれば、もう少《すこ》し怖《こわ》く見《み》えるかもしれないわ。

男《おとこ》が大《おお》げさな身振《みぶ》りで両腕《りょううで》を振《ふ》り回《まわ》す。ラリーはちょっと左《ひだり》に体《からだ》を傾《かたむ》けて、通《とお》りの向《む》こうをじっと見《み》る。

ラリー　その調子《ちょうし》。もうちょっと。

シーン21

屋内《おくない》　コワルスキーのパン屋《や》――夜明《よあ》け前《まえ》

男《おとこ》がラリーに近《ちか》づいて両腕《りょううで》を振《ふ》り回《まわ》し始《はじ》める様子《ようす》を見《み》て、ジェイコブが眉根《まゆね》を寄《よ》せる。

シーン22

屋外《おくがい》　バス停《てい》――ローワー・イースト・サイド――夜明《よあ》け前《まえ》

ラリー　そうそう、続《つづ》けて、もっと、もっと。いいわね、一、二、三……

ジェイコブ　（声《こえ》のみ）おい！

ジェイコブが、コロニアル・ガール（小麦粉《こむぎこ》のブランド）の粉《こな》をあたりにまき散《ち》らしながら、勢《いきお》いよく店《みせ》から出《で》てくる。金属《きんぞく》のスプーンでフライパンをバンバン叩《たた》きながら、大股《おおまた》で通《とお》りを横《よこ》切《ぎ》っていく。三人《にん》の労働者《ろうどうしゃ》はラリーから離《はな》れ、ジェイコブに向《む》かっていく。

ジェイコブ　いい加減《かげん》にしろ。ここから失《う》せろ……

労働者《ろうどうしゃ》1　やるか？　パン屋《や》の坊《ぼう》や。

ジェイコブ　やれやれ。恥《は》ずかしくないのか。

ラリーは、三人《にん》の男《おとこ》がジェイコブに近《ちか》づくのを注意深《ちゅういぶか》く見《み》ている。三人《にん》から目《め》を離《はな》さない。

ジェイコブ　いいだろう。最初《さいしょ》に一発《いっぱつ》殴《なぐ》れ。ほら――

労働者《ろうどうしゃ》1　ほんとにいいのか？

バーン！

労働者《ろうどうしゃ》1が倒《たお》れる。ジェイコブは体《からだ》を固《かた》くする。その直後《ちょくご》、ジェイコブの落《お》としたフライパンが、ガチャンと音《おと》を立《た》てる。

労働者《ろうどうしゃ》1が起《お》き上《あ》がって座《すわ》り、首《くび》すじをなでる。

労働者《ろうどうしゃ》1　その女《おんな》を助《たす》けるのはこれで最後《さいご》だぞ……ラリー！

ラリーが杖《つえ》で自分《じぶん》の地味《じみ》なボブスタイルの髪《かみ》に触《ふ》れると——次々《つぎつぎ》と——豊《ゆた》かな髪《かみ》が流《なが》れ出《だ》し、メガネは消《き》え、野暮《やぼ》ったいドレスと固《かた》い襟《えり》付《つ》きのブラウスが消《き》えて、仕立《した》ての良《よ》いスラックスと、柔《やわ》らかに流《なが》れるブラウスに変《か》わる。

ラリー　あらら、フランク、つい自分《じぶん》の力《ちから》を忘《わす》れちゃって。ここからは私一人《わたしひとり》でいいわ。ありがとう！

労働者《ろうどうしゃ》3　いいってことよ。
労働者《ろうどうしゃ》2　また後《あと》でな、ラリー……
ラリー　バイバイ、スタンリー。今度《こんど》「ダドリーのまごまごゲーム」しに行《い》くわ。
労働者《ろうどうしゃ》2　オーケー。
ラリー　いとこのスタンリーよ。魔法使《まほうつか》いなの。

ジェイコブはフライパンを拾《ひろ》い、首《くび》を横《よこ》に振《ふ》りながら後退《あとずさ》り始《はじ》める。

ジェイコブ　だめ！
ラリー　お願《ねが》い。こんな朝早《あさはや》くから仕事《しごと》をさせないで。
ジェイコブ　俺《おれ》は抜《ぬ》けたって言《い》ったろう。抜《ぬ》けたいんだ。
ラリー　そう言《い》わずに、コワルスキーさん――

ジェイコブはパン屋《や》の店《みせ》に入《はい》る。

ジェイコブ　俺《おれ》のセラピストが、あんたたちみたいな魔法使《まほうつか》いは存在《そんざい》しないって言《い》ったのに。治療代《ちりょうだい》、損《そん》した。

ラリーは魔法《まほう》でパン屋《や》に入《はい》り、シナモン・パンを食《た》べながら、ジェイコブと向《む》かい合《あ》っている。

ラリー　だけど私《わたし》が魔女《まじょ》だって、わかってるでしょ？

ジェイコブ　ああ。いいか、あんたはいい魔女《まじょ》みたいだけど、俺《おれ》があんたたちと関《かか》わってどうなったか知《し》らないだろう——頼《たの》むから、俺《おれ》の人生《じんせい》から出《で》ていってくれ。

ジェイコブは店《みせ》のドアを開《あ》けて、ラリーに外《そと》に出《で》るように促《うなが》す。それでもラリーがしゃべり続《つづ》けるので、ジェイコブはフライパンを持《も》ったまま店《みせ》から外《そと》に出《で》る。ラリーもジェイコブに続《つづ》く。

ラリー　（一気《いっき》に言《い》う）一年《ねん》ほど前《まえ》、あなたは開店資金《かいてんしきん》として少額《しょうがく》のローンを申《もう》し込《こ》みに、スティーン・ナショナル銀行《ぎんこう》へ行《い》った——六ブロック先《さき》ね——そこでニュート・スキャマンダーと知《し》り合《あ》う。世界一《せかいいち》の——もっとも一人《ひとり》しかいないけど――魔法動物学者《まほうどうぶつがくしゃ》。そこで、それまでまったく知《し》らなかった世界《せかい》のことを知《し》り、クイニー・ゴールドスタインという魔女《まじょ》と恋《こい》に落《お》ちる。そして「忘却《ぼうきゃく》術《じゅつ》」で記憶《きおく》を消《け》されたけれど、効《き》かなかった――その結果《けっか》、ゴールドスタイン嬢《じょう》と再会《さいかい》し、彼女《かのじょ》は――あなたが結婚《けっこん》を断《ことわ》った後《あと》で――ゲラート・グリンデルバルドとその黒《くろ》い軍団《ぐんだん》に加《くわ》わった。やつらは、あなたたちの世界《せかい》と私《わたし》たちの世《せ》界《かい》にとってこの四世紀来《せいきらい》の最大《さいだい》の脅威《きょうい》。これで合《あ》ってる？

ジェイコブは座《すわ》り込《こ》んで目《め》を見張《みは》る。

ジェイコブ　ああ、その通《とお》りさ。ただ、クイニーが黒《くろ》い連中《れんちゅう》に加《くわ》わったこと以外《いがい》はね。そりゃ、彼女《かのじょ》は変《か》わってるけど、こんな狂《くる》った街全部《まちぜんぶ》よりでっかいハートを持《も》ってるんだ。それに賢《かしこ》い。頭《あたま》ん中《なか》を、間違《まちが》いなく読《よ》めるんだ。ほら、何《なん》とかっていう――

ラリー　開心術士《かいしんじゅつし》ね。

ジェイコブ　ああ……

ジェイコブはため息《いき》をついて、立《た》ち上《あ》がり、パン屋《や》の店《みせ》のほうに歩《ある》き始《はじ》める。しばらくして、ラリーを振《ふ》り返《かえ》る。

ジェイコブ　ほら、これを見《み》ろよ。フライパンだ。（フライパンを持《も》ち上《あ》げる）これが俺《おれ》だ。俺《おれ》はフライパンだよ。あちこちへこんでる。そこいらにいる凡人《ぼんじん》だ。マヌケ野郎《やろう》だよ。あんたが一体何《いったいなに》を考《かんが》えてるのか知《し》らないけど、あんたのほうが俺《おれ》よりずっとうまくやれるのは間違《まちが》いない。じゃあな。

ジェイコブは背《せ》を向《む》けて、トボトボと薄暗《うすぐら》いパン屋《や》の店《みせ》に向《む》かう。

ラリー　私《わたし》たちにはできないわ、コワルスキーさん。

ジェイコブは立《た》ち止《ど》まるが、振《ふ》り向《む》かない。

ラリー　あなたはカウンターの下《した》に隠《かく》れられたのに、そうしなかった。そっぽを向《む》いていられたのに、そうしなかった。それどころか、赤《あか》の他人《たにん》のために危険《きけん》を冒《おか》した。世界《せかい》がたった今必要《いまひつよう》としているのは、まさにあなたみたいな普通《ふつう》の人《ひと》だわ。あなたはまだそれに気《き》づいていない——だから、私《わたし》が証明《しょうめい》しなきゃならなかった。
（間《ま》）
あなたが必要《ひつよう》なの、コワルスキーさん。

ジェイコブは店《みせ》にあるウェディング・ケーキを見《み》て、決心《けっしん》する。ラリーのほうに向《む》き直《なお》る。

ジェイコブ　わかった。ジェイコブって呼《よ》んでくれ。
ラリー　ラリーって呼《よ》んで。
ジェイコブ　ラリー、戸締《とじま》りをしなくちゃ。

ラリーが杖《つえ》を振《ふ》る。ドアが閉《し》まり、明《あ》かりが消《き》え、店《みせ》のシャッターが下《お》りてくる。ジェイコブの服《ふく》が一変《いっぺん》する。

ジェイコブ　ありがと。

ラリー　ずっとよくなったわ、ジェイコブ。

ラリーの手《て》から本《ほん》が滑《すべ》り出《だ》し、表紙《ひょうし》が羽《は》ばたいてふわりと宙《ちゅう》に浮《う》き、ページがめくれ始《はじ》める。

ラリーが手《て》を伸《の》ばすと、ページがますます速《はや》くめくれ、背表紙《せびょうし》から勢《いきお》いよく外《はず》れて、蝶々《ちょうちょう》の万《まん》華鏡《げきょう》のようにあたりに広《ひろ》がる。

ラリー　どうやるか、わかっているわね、ジェイコブ。

二人《ふたり》の手《て》が触《ふ》れ合《あ》うと、本《ほん》のページが竜巻《たつまき》のように降《お》りてきて二人《ふたり》を包《つつ》み——**シューッ！**

——二人《ふたり》は消《き》える。数秒後《すうびょうご》、本《ほん》のページがパラパラと背表紙《せびょうし》に戻《もど》る。

その直後《ちょくご》……残《のこ》っているのは、はぐれたページが数枚《すうまい》だけ。ふわふわと地上《ちじょう》に落《お》ちてくる。

シーン23　屋外《おくがい》　ドイツの田舎《いなか》――日中《にっちゅう》

列車《れっしゃ》がブランデンブルクの田舎《いなか》をうねるように走《はし》っている。カメラは列車《れっしゃ》の最後尾《さいこうび》の車両《しゃりょう》を映《うつ》す。

シーン24　屋内《おくない》　魔法《まほう》の車両《しゃりょう》――日中《にっちゅう》

ユスフ・カーマが、車窓《しゃそう》のそばに立《た》ち、窓《まど》の外《そと》を飛《と》び過《す》ぎていく田舎《いなか》の雪景色《ゆきげしき》を見《み》ている。

ニュートとテセウスは、勢《いきお》いよく燃《も》える暖炉《だんろ》のそばにいる。テセウスが手《て》にしている「日刊予言者新聞《にっかんよげんしゃしんぶん》」の見出《みだ》しは、

選挙特集《せんきょとくしゅう》
勝者《しょうしゃ》は誰《だれ》か？　リウかサントスか？

そのすぐ下《した》に、候補者二人《こうほしゃふたり》の写真《しゃしん》がある。リウ・タオとヴィセンシア・サントス。
新聞《しんぶん》の裏面《うらめん》に、グリンデルバルドのおたずね者《もの》のポスターがある。

ニュート　魔法省《まほうしょう》は、リウとサントスについてなんと言《い》っているの？
テセウス　公式《こうしき》には中立《ちゅうりつ》だ。非公式《ひこうしき》に？　金《かね》を賭《か》けるならサントスだ。しかし、誰《だれ》だってフォーゲルよりはましだ。
カーマ　誰《だれ》だってか？

カーマはグリンデルバルドの写真《しゃしん》に目《め》を留《と》める。テセウスがそれに気《き》づく。

テセウス　カーマ、彼《かれ》は候補者《こうほしゃ》じゃない。その上《うえ》、逃亡犯《とうぼうはん》だ。

カーマ　違《ちが》いがあるのか？

ちょうどそのとき、暖炉《だんろ》の火《ひ》がパチパチはねて、緑《みどり》がかった色《いろ》になり、ジェイコブが暖炉《だんろ》から転《ころ》がり出《で》る。フライパンを持《も》ったままだ。

ジェイコブ　目《め》が回《まわ》る。いっつもこれだよ。

ニュート　ジェイコブ！　よく来《き》たね！　よく来《き》てくれた。ヒックス先生《せんせい》なら絶対君《ぜったいきみ》を説《せっ》得《とく》すると思《おも》ってた！

ジェイコブ　俺《おれ》のこと、わかってるだろ。ポートキーときたら断《ことわ》れない。

ちょうどそのとき、暖炉《だんろ》の火格子《ひごうし》がまたパチパチはねて、数秒後《すうびょうご》にラリーが、本《ほん》を抱《かか》えて火《ひ》の中《なか》からゆうゆうと出《で》てくる。

ラリー　スキャマンダーさん？

ニュート　ヒックス先生《せんせい》？

ラリー／ニュート　やっと会《あ》えた。

ニュート　（みんなに）ヒックス教授《きょうじゅ》です――（興奮《こうふん》を抑《おさ》えて）教授《きょうじゅ》と僕《ぼく》は、長年文通《ながねんぶんつう》していたのですが、お目《め》にかかったことはありませんでした。教授《きょうじゅ》の『上級《じょうきゅう》　呪文学《じゅもんがく》』は必読書《ひつどくしょ》です。

ラリー　ニュートは褒《ほ》めすぎよ。『幻《まぼろし》の動物《どうぶつ》とその生息地《せいそくち》』は五年生《ねんせい》の課題図書《かだいとしょ》よ。

ニュート　さあ、みんなをご紹介《しょうかい》しましょう。こちらは、バンティ・ブロードエーカー。腕利《うでき》きの助手《じょしゅ》で、もう七年《ねん》も――

バンティ　八……

子《こ》どものニフラーが二匹《ひき》、バンティの肩《かた》に座《すわ》る。

バンティ　(続《つづ》けて)……年《ねん》と一六四日《にち》

ニュート　ほらね。彼女《かのじょ》なしではやっていけない。そしてこちらは――

カーマ　ユスフ・カーマです。よろしく。

ニュート　そして、もうジェイコブとはおなじみでしょうね――

テセウスが咳払《せきばら》いする。ニュートは何《なに》も気《き》が付《つ》かずにテセウスを見《み》る。テセウスが眉《まゆ》を上《あ》げる。

テセウス　ニュート。

ニュート　あ、そうそう。兄《あに》のテセウスです。魔法省《まほうしょう》に勤《つと》めてる。

テセウス　そして、イギリス闇祓《やみばら》い局局長《きょくきょくちょう》です。

ラリー　あら、じゃ、私《わたし》の杖《つえ》の登録《とうろく》が更新《こうしん》されているかどうか確認《かくにん》しないと。

ラリーがにやりと笑《わら》う。

テセウス　ええ、ただ厳密《げんみつ》には、私《わたし》の管轄外《かんかつがい》で――

ニュートが突然《とつぜん》向《む》きを変《か》えて車両《しゃりょう》の後方《こうほう》に歩《ある》いていく。みんながついていく。

ニュート オーケー、じゃ、どうしてここに呼《よ》ばれたのか、みんな不思議《ふしぎ》に思《おも》っているだろうね。

みんながそうだという表情《ひょうじょう》。

ニュート それを予想《よそう》して、ダンブルドアからみんなへのメッセージを預《あず》かっている。グリンデルバルドは未来《みらい》を垣間見《かいまみ》る能力《のうりょく》を持《も》っている。だから、僕《ぼく》らがやろうとすることを、彼《かれ》は前《まえ》もって察知《さっち》する。彼《かれ》を倒《たお》して僕《ぼく》らの世界《せかい》を……ジェイコブ、君《きみ》たちの世界《せかい》もだ……救《すく》う一番《いちばん》の方法《ほうほう》は、グリンデルバルドを混乱《こんらん》させることだ。

ニュートが話《はな》し終《お》えると、反応《はんのう》は……無言《むごん》。

ジェイコブ　あのなあ、聞《き》いて悪《わる》いけど、先《さき》を見通《みとお》せるやつをどうやって混乱《こんらん》させるんだ？
カーマ　裏《うら》をかく不意《ふい》打《う》ち。
ニュート　その通《とお》り。一番《いちばん》いいのは、無策《むさく》の策《さく》。
ラリー　もしくは作戦《さくせん》を重複《ちょうふく》させる。
ニュート　そして、混乱《こんらん》させる。
ジェイコブ　俺《おれ》、もう混乱《こんらん》してるよ。
ニュート　ジェイコブ、実《じつ》は、ダンブルドアから君《きみ》に渡《わた》すように頼《たの》まれたものがある。

　みんなはじっと待《ま》つ。ニュートが袖《そで》の中《なか》から――アマチュア手品師《てじなし》のように――引《ひ》っ張《ぱ》り出《だ》したのは**杖**《つえ》だ。

ニュート　スネークウッドだ。ちょっと珍《めずら》しい木《き》で――
ジェイコブ　おい、冗談《じょうだん》だろう？　これ、本物《ほんもの》か？

ニュート　そうだよ。芯《しん》は入《はい》ってないから、一応《いちおう》――でも、そうだよ――
ジェイコブ　一応本物《いちおうほんもの》？
ニュート　大事《だいじ》なのは、これから行《い》くところではそれが必要《ひつよう》になるんだ。

ジェイコブは杖《つえ》を受《う》け取《と》り、畏《おそ》れいって眺《なが》める。ニュートはまたポケットを探《さぐ》り始《はじ》める。

ニュート　さあ、テセウス、君《きみ》にも何《なに》かあるんだ――

再《ふたた》び全員《ぜんいん》が期待《きたい》を込《こ》めて待《ま》つ。ニュートは――今度《こんど》こそ本物《ほんもの》の手品師《てじなし》のように――コートの中《なか》から、何《なに》かを引《ひ》っ張《ぱ》り出《だ》そうとする――ところが、何《なに》かがそれを引《ひ》っ張《ぱ》り返《かえ》している。ニュートはしばらく格闘《かくとう》して、内《うち》ポケットに話《はな》しかけながらグイッと強《つよ》く引《ひ》っ張《ぱ》る……

ニュート　テディ、放《はな》せよ。放《はな》せってば。いい子《こ》にして。それはテセウスの……

強《つよ》く引《ひ》っ張《ぱ》られて、テディも飛《と》び出《だ》してきて、車両《しゃりょう》の向《む》こう側《がわ》にぶつかって跳《は》ね返《かえ》り、ジェイコブにキャッチされる。布切《ぬのき》れが床《ゆか》に落《お》ちる。

ジェイコブとテディが顔《かお》を見合《みあ》わせる。

ニュートが屈《かが》んで布切《ぬのき》れを拾《ひろ》う。金色《きんいろ》のフェニックスの模様《もよう》が入《はい》った、光《ひか》る赤《あか》いネクタイだ。ニュートが立《た》ち上《あ》がって、テセウスにネクタイを渡《わた》す。テセウスは受《う》け取《と》り、ひっくり返《かえ》して見《み》る。

テセウス　ああ、もちろん、これで何《なに》もかも納得《なっとく》できるってわけだ。

ニュート　ラリー、ラリー、何《なに》か本《ほん》を預《あず》かっているよね……

ラリー　よく言《い》われることだけど、本《ほん》は世界《せかい》を一周《いっしゅう》させてくれ、また家《いえ》に帰《かえ》してくれる——ただ、本《ほん》を開《ひら》きさえすれば。

ジェイコブ　(テディを下《した》に置《お》いて) まったくだ。

ニュート　バンティ。これは君《きみ》のだ。君《きみ》だけに見《み》せるようにって言《い》われてる。

ニュートは四角《しかく》に折《お》りたたんだ小《ちい》さな紙《かみ》きれを取《と》り出《だ》して、バンティに渡《わた》す。バンティは、開《ひら》いて読《よ》み、明《あき》らかに驚《おどろ》いた様子《ようす》。しかし、もう一度《いちど》見《み》ようとすると、紙《かみ》きれは燃《も》え上《あ》がってしまう。

ニュート　カーマ――

カーマ　私《わたし》は、もう必要《ひつよう》なものを持《も》っている。

ジェイコブ　ティナはどうなんだ？　来《こ》ないのか？

ニュート　ティナは……来《こ》られないんだ……昇進《しょうしん》して……とっても、とっても忙《いそが》しくて。

（間《ま》）

そう聞《き》いている。

ラリー　ティナはアメリカ闇払《やみばら》い局《きょく》の局長《きょくちょう》になったの。彼女《かのじょ》とは親《した》しいのよ。すばらしい女性《じょせい》よね。

ニュートはラリーを見《み》てしばらく突《つ》っ立《た》っているが、やがて――

ニュート　そうだね。

テセウス　それじゃ、これで全部《ぜんぶ》？　この百年来《ひゃくねんらい》一番《いちばん》危険《きけん》な魔法使《まほうつか》いを阻止《そし》するのが、このチーム？　魔法動物学者《まほうどうぶつがくしゃ》、その有能《ゆうのう》な助手《じょしゅ》、学校《がっこう》の先生《せんせい》、フランスの名門《めいもん》魔《ま》法族《ほうぞく》の末裔《まつえい》……それにおもちゃの杖《つえ》を持《も》ったマグルのパン屋《や》。

ジェイコブ　ヘイ、あんたがいるじゃないか。本物《ほんもの》の杖《つえ》を持《も》ってるし。

ジェイコブがグイッとバーの酒《さけ》を飲《の》み、そして……

テセウス　その通《とお》り。我々《われわれ》の勝利《しょうり》に賭《か》けない奴《やつ》はいないだろうさ？

……ジェイコブのクスクス笑《わら》い。

カット　画面《がめん》切《き》り替《か》え

シーン25　屋外《おくがい》　駅《えき》——ベルリン——夕方《ゆうがた》

ベルリン市民《しみん》が寒《さむ》そうに体《からだ》を固《かた》くして、駅《えき》のプラットホームに立《た》っている。そこへ列車《れっしゃ》が重々《おもおも》しい音《おと》を上《あ》げて入《はい》ってくる。

シーン26　屋内《おくない》　魔《ま》法《ほう》の車両《しゃりょう》——夕方《ゆうがた》

ニュートがカバンのそばに膝《ひざ》をつき、キリンに餌《えさ》をやり終《お》える、そしてそっとカバンの蓋《ふた》を閉《し》める。

ニュート　大丈夫《だいじょうぶ》だよ、ちびちゃん。

ラリー　ベルリン……最高《さいこう》じゃない。

ニュートが振《ふ》り向《む》くと、ラリーが隣《となり》の車窓《しゃそう》の前《まえ》に立《た》って外《そと》を見《み》ている。プラットホームでは、一人《ひとり》の男性《だんせい》（背《せ》の高《たか》い闇祓《やみばら》い）が、背丈《せたけ》と態度《たいど》で目立《めだ》っている。

列車《れっしゃ》はシューッと音《おと》を立《た》てて停車《ていしゃ》する。ほかのメンバーもそれぞれの持《も》ち物《もの》を準備《じゅんび》し始《はじ》める。カーマが最初《さいしょ》に出口《でぐち》に行《い》く。

テセウス　カーマ、無事《ぶじ》を祈《いの》る。

カーマは立《た》ち止《ど》まり、ちょっとテセウスと目《め》を合《あ》わせ、それから頷《うなず》く。カーマが出《で》ていくとき、冷《つめ》たい風《かぜ》が車両《しゃりょう》に入《はい》ってくる。バンティがニュートのそばに現《あらわ》れる。

バンティ　私《わたし》もここでお別《わか》れよ、ニュート。

ニュートは答《こた》えかけてやめ、下《した》を見《み》る。バンティの手《て》が、カバンの持《も》ち手《て》のところで、ニュートの手《て》と絡《から》み合《あ》っている。

バンティ　誰《だれ》も全貌《ぜんぼう》を知《し》らないわ。あなたでさえ。

ニュートはバンティを見《み》るが、彼女《かのじょ》はそれ以上何《いじょうなに》も言《い》わない。とうとうニュートはカバンから手《て》を放《はな》す。

バンティが去《さ》り、ニュートは、テセウスとジェイコブが自分《じぶん》を見《み》ているのに気《き》が付《つ》く。ニュートが二人《ふたり》から目《め》を離《はな》し、振《ふ》り返《かえ》って車窓《しゃそう》の外《そと》を見《み》ると、カーマとバンティが、反対方向《はんたいほうこう》に歩《ある》いていくのが見《み》える。

シーン27 屋外《おくがい》 町《まち》の通《とお》り――ベルリン――直後《ちょくご》――夜《よる》

雪《ゆき》がちらついている。ジェイコブ、ニュート、ラリー、テセウスが通《とお》りを歩《ある》いている。

ニュート　よし……さあ、ここだ。

ニュートは先《さき》に立《た》って路地《ろじ》に入《はい》り、紋章《もんしょう》の付《つ》いたレンガの壁《かべ》へと導《みちび》く。みんなが壁《かべ》に向《む》かってずんずん歩《ある》いていくが、ジェイコブは壁《かべ》の右《みぎ》や左《ひだり》、上《うえ》や下《した》をちらちら見《み》て落《お》ち着《つ》かない。すると……

シュート

……四人《にん》とも壁《かべ》を抜《ぬ》けて裏側《うらがわ》に立《た》っている。ジェイコブは顔《かお》をしかめて振《ふ》り返《かえ》り、同《おな》じ紋章《もんしょう》の付《つ》いている同《おな》じレンガの壁《かべ》を見《み》る――ただし、紋章《もんしょう》は裏返《うらがえ》しだ。

ジェイコブは肩《かた》をすくめて、前《まえ》を見《み》る。そこには——通《とお》りを見下《みお》ろすように巨大《きょだい》な垂《た》れ幕《まく》がいくつも掛《か》かり——幕《まく》の上《うえ》に悪意《あくい》のなさそうな魔法使《まほうつか》い（アントン・フォーゲル）の顔《かお》が見《み》える。その先《さき》には、リウとサントスの支持者《しじしゃ》たちに囲《かこ》まれた建物《たてもの》が見《み》える。

テセウス　ドイツ魔法省《まほうしょう》。

ニュート　そう。

テセウス　それなりの理由《りゆう》があって、ここに来《き》たのだろうな。

ニュート　そう。お茶会《ちゃかい》に出席《しゅっせき》する。急《いそ》がないと遅《おく》れる。

ニュートが先《さき》に立《た》って歩《ある》き、テセウスとラリーは顔《かお》を見合《みあ》わせ、後《あと》に続《つづ》く。ジェイコブは、威《い》圧《あつ》されたようにあたりを見《み》ながら、トコトコとついていく。

ラリー　（声《こえ》のみ）ジェイコブ！

ジェイコブが見《み》ると、ラリーが手招《てまね》きしている。

ラリー　みんなから離《はな》れないで。

ジェイコブが急《いそ》ぎ足《あし》になり、おたずね者《もの》・グリンデルバルドの、動《うご》く人相書《にんそうがき》の前《まえ》を通《とお》り過《す》ぎる。グリンデルバルドが、ジェイコブの動《うご》きを逐一《ちくいち》追《お》いかけて、にらみつけている。

ジェイコブは、どうしてもグリンデルバルドの視線《しせん》を気《き》にしてしまう。

シーン28　屋外《おくがい》　階段《かいだん》——ドイツ魔法省《まほうしょう》——直後《ちょくご》——夜《よる》

リウとサントスの支持者《しじしゃ》グループが、のぼりを掲《かか》げてそれぞれの名前《なまえ》を大声《おおごえ》で唱《とな》えている。支《し》持者《じしゃ》たちの熱狂的《ねっきょうてき》な、しかし平和的《へいわてき》な意思表示《いしひょうじ》だ。ニュートたちは、その中《なか》を縫《ぬ》って、階段《かいだん》に近《ちか》づく。

テセウスが先頭《せんとう》に立《た》って、人混《ひとご》みを抜《ぬ》け、魔法省入口《まほうしょういりぐち》まで来《く》ると、その周辺《しゅうへん》に配置《はいち》されたドイツの闇祓《やみばら》いの一人《ひとり》が、階段《かいだん》を上《のぼ》りかけたラリーとジェイコブを阻止《そし》しようとする。

テセウス　こんばんは、ヘルムート。

ヘルムート　テセウス。

テセウス　オイ、みんな、私《わたし》の連《つ》れだ。

阻止《そし》しようとした闇祓《やみばら》いの目《め》がちらっと動《うご》き、テセウスを見《み》て何者《なにもの》なのかを認識《にんしき》する。その闇《やみ》祓《ばら》いが、階段《かいだん》の一番上《いちばんうえ》で全体《ぜんたい》を見《み》ている闇祓《やみばら》いの指揮官《しきかん》（ヘルムート）をちらりと見《み》る。ヘルムートが頷《うなず》く。

テセウスが一行《いっこう》の先頭《せんとう》に立《た》って、階段《かいだん》を上《のぼ》る。

その時《とき》、騒《さわ》ぎが起《お》こる。騒《さわ》がしい太鼓《たいこ》の音《おと》とともに、サントスの支持者《しじしゃ》を押《お》しのけて、ロジエールとカローが進《すす》んでいく。

ロジエールがカローに向《む》かって頷《うなず》き、カローが杖《つえ》を上《あ》げる。火《ひ》が飛《と》び出《だ》し、サントスののぼりに当《あ》たる。のぼりに描《えが》かれたサントスの顔《かお》が燃《も》えて灰《はい》になり、群衆《ぐんしゅう》が押《お》し合《あ》い圧《へ》し合《あ》いして急《きゅう》に不穏《ふおん》な雰囲気《ふんいき》になる。

シーン29 屋内《おくない》 大広間《おおひろま》——ドイツ魔法省《まほうしょう》——直後《ちょくご》——夜《よる》

何百人《なんびゃくにん》もの代表者《だいひょうしゃ》たちが広間《ひろま》を動《うご》き回《まわ》り、ティーポットが壮大《そうだい》な広間《ひろま》に浮《う》かんでふわふわ動《うご》いている。テセウスはニュートと並《なら》んで歩《ある》く。ニュートはきょろきょろしているのが目立《めだ》つ。誰《だれ》かを探《さが》しているらしい。

テセウス　フィンガー・サンドイッチをつまみに来《き》たわけじゃないだろうな？

ニュート　いや、伝言《でんごん》を伝《つた》えるんだ。
テセウス　伝言《でんごん》？　誰《だれ》に？

ニュートが立《た》ち止《ど》まり、誰《だれ》かを見《み》ている。テセウスがその視線《しせん》を追《お》う。
広間《ひろま》の反対側《はんたいがわ》の奥《おく》で、通《とお》りの垂《た》れ幕《まく》でちらりと見《み》た、悪意《あくい》のなさそうな魔法使《まほうつか》い、アントン・フォーゲルが盛《さか》んに握手《あくしゅ》している。武装《ぶそう》したボディガードたちが、影《かげ》のように付《つ》き従《したが》い、女性秘《じょせいひ》書官《しょかん》（フィッシャー）が大臣《だいじん》を誘導《ゆうどう》している。

テセウス　冗談《じょうだん》だろ。
ニュート　いや。

ニュートがフォーゲルたちのほうに向《む》かっていくと、テセウスもついていく。

カット　画面切《がめんき》り替《か》え

新《あたら》しいアングル――ジェイコブとラリー

ジェイコブ　一体《いったい》ここで何《なに》をやろうっていうんだ？　外《そと》に出《で》ようよ。こういう場面《ばめん》は得意《とくい》じゃない。

ラリー　こういう場面《ばめん》って？

ジェイコブ　ここにいる人《ひと》たち。気取《きど》った人《ひと》たち。

エディス　こんばんは！

ジェイコブが驚《おどろ》く。すぐそばに、中年《ちゅうねん》のご婦人《ふじん》（エディス）がいるのに気《き》が付《つ》く。

エディス　あなたが広間《ひろま》に入《はい》ってくるのを見《み》て、わたくし思《おも》いましたのよ。「エディス、面白《おもしろ》そうな殿方《とのがた》よ」って。

ジェイコブ　（落《お》ち着《つ》かない）ジェイコブ・コワルスキーです。初《はじ》めまして。お会《あ》いできてうれしいです。

エディス　それで、コワルスキーさん、どちらのご出身《しゅっしん》ですの？
ジェイコブ　クイーンズ。
エディス　あぁぁぁ。

エディスがゆっくり頷《うなず》く。

カット　画面切《がめんき》り替《か》え

新《あたら》しいアングル

ニュートが、すぐ後《うし》ろにテセウスを伴《ともな》って、フォーゲルとお付《つ》きの一行《いっこう》に近《ちか》づく。

ニュート　フォーゲル閣下《かっか》。ちょっとお話《はな》ししてもよろしいでしょうか。

ニュートの声《こえ》で、フォーゲルが振《ふ》り向《む》く。

フォーゲル　これは驚《おどろ》いた！　スキャマンダー君《くん》だね？

ニュート　フォーゲル閣下《かっか》……

ボディガードが進《すす》み出《で》る。テセウスも進《すす》み出《で》る。フォーゲルはしばらくニュートを見《み》つめて、やがて手《て》を振《ふ》り、ボディガードに下《さ》がれと命《めい》じる。ニュートとフォーゲルが、少《すこ》し離《はな》れた場所《ばしょ》に行《い》き、ニュートが屈《かが》んで顔《かお》を近《ちか》づける。

ニュート　ご友人《ゆうじん》からの伝言《でんごん》があります。しかも一刻《いっこく》を争《あらそ》うんです。「正《ただ》しき道《みち》を選《えら》ぶべし。楽《らく》な道《みち》ではなく」

ニュートが体《からだ》を起《お》こす。フォーゲルは動《うご》かない。

ニュート　あの方《かた》は、今夜《こんや》私《わたし》があなたに会《あ》って、これを伝《つた》えることが大事《だいじ》だと言《い》いました。この伝言《でんごん》を。

フィッシャーが現《あらわ》れる。

フィッシャー　お時間《じかん》です、閣下《かっか》。

フォーゲル　（秘書《ひしょ》を無視《むし》して）彼《かれ》はここにいるのかね？　ベルリンに？

ニュートは何《なん》と答《こた》えるべきか決《き》めかねて、躊躇《ちゅうちょ》する。

フォーゲル　いや、いるはずはないな。世界《せかい》が燃《も》えているのに、ホグワーツを出《で》るわけがない。

（顔《かお》をしかめながら）ご苦労《くろう》だった、スキャマンダー君《くん》。

フォーゲルを急《せ》き立《た》てながら、フィッシャーがニュートをちらりと振《ふ》り返《かえ》る。

スプーンで陶器《とうき》を叩《たた》く音《おと》がおしゃべりの音《おと》を遮《さえぎ》り、ティーカップを手《て》にしてフォーゲルの脇《わき》に立《た》っているフィッシャーに視線《しせん》が集《あつ》まる。いったん注目《ちゅうもく》が集《あつ》まったところで、フィッシャーは脇《わき》によけ、フォーゲルが演台《えんだい》の前《まえ》に進《すす》む。フォーゲルの演説《えんぜつ》の準備《じゅんび》が整《ととの》うと、聴衆《ちょうしゅう》が拍手《はくしゅ》する。

フォーゲル　ありがとう、ありがとう。今夜《こんや》お集《あつ》まりの皆《みな》さんの中《なか》には、よく知《し》った顔《かお》がたくさん見《み》える。同僚《どうりょう》、友人《ゆうじん》、そして敵《てき》までも……

聴衆《ちょうしゅう》がクスクス笑《わら》う。

フォーゲル　これから四十八時間《じかん》のうちに、皆《みな》さんは――ほかの魔法界《まほうかい》の皆《みな》さんとともに――次《つぎ》の偉大《いだい》なリーダーを選《えら》ぶことになります。今後何世代《こんごなんせだい》にもわたる我々《われわれ》の生《い》き方《かた》を決《き》める選択《せんたく》です。どちらの候補者《こうほしゃ》が選《えら》ばれようと、われらのＩＣＷ魔《ま》法連盟《ほうれんめい》が有能《ゆうのう》な手《て》に委《ゆだ》ねられることは疑《うたが》いの余地《よち》がない。リウ・タオかヴィセンシア・サントスか。

すでに「日刊予言者新聞《にっかんよげんしゃしんぶん》」で見《み》たことのある、リウ・タオとヴィセンシア・サントスをフォーゲルが指《さ》すと、聴衆《ちょうしゅう》が拍手《はくしゅ》する。

フォーゲル　こういう機会《きかい》にこそ思《おも》い出《だ》そうではありませんか。平和的《へいわてき》な権力《けんりょく》の移行《いこう》こそ、我《われ》らが人類《じんるい》の特徴《とくちょう》であり、意見《いけん》の違《ちが》いがあっても、すべての声《こえ》に耳《みみ》を傾《かたむ》けるべきだと世界《せかい》に示《しめ》していることを。

フォーゲルの目線《めせん》が変《か》わる。少《すこ》し離《はな》れたところで様子《ようす》を見《み》ていたテセウスが、その目線《めせん》を追《お》うと、出口《でぐち》のすべてに黒装束《くろしょうぞく》の闇祓《やみばら》いたちが次々《つぎつぎ》と現《あらわ》れている。

フォーゲル　たとえ多《おお》くの人《ひと》にとって賛同《さんどう》しがたい声《こえ》であっても。

テセウスが、広間《ひろま》を歩《ある》いているアコライトたちを目《め》で追《お》う。

テセウス　ニュート、あいつらの顔《かお》に見覚《みおぼ》えはないか？

ニュートがテセウスの視線《しせん》を追《お》う。

ニュート　パリで。あの夜《よる》、リタが……
テセウス　あいつらはグリンデルバルドと一緒《いっしょ》だった。

聴衆《ちょうしゅう》の混《こ》みあう中《なか》を、テセウスがロジエールを追《お》う。ロジエールが、まるで付《つ》いて来《こ》いと誘《さそ》うように振《ふ》り向《む》く。彼女《かのじょ》に追《お》いつこうと、テセウスが追《お》う。ニュートが少《すこ》し離《はな》れてテセウスを追《お》う。

フォーゲル　そこで、入念《にゅうねん》な調査《ちょうさ》の結果《けっか》、ＩＣＷ連盟《れんめい》は、マグル社会《しゃかい》に対《たい》する罪《つみ》に問《と》われているゲラート・グリンデルバルドは、証拠不十分《しょうこふじゅうぶん》で起訴《きそ》には至《いた》らないという結論《けつろん》に達《たっ》した。よって、ここに、すべての嫌疑《けんぎ》について赦免《しゃめん》する。

フォーゲルの発言《はつげん》を聞《き》いたニュートは耳《みみ》を疑《うたが》う。大広間《おおひろま》にいる全員《ぜんいん》が、いっせいにワッと反応《はんのう》する。怒《いか》り、散発的《さんぱつてき》な喝采《かっさい》、混乱《こんらん》。

ジェイコブ　まじかよ。あいつを放免《ほうめん》する？　俺《おれ》はその場《ば》にいたんだ！　あいつは人殺《ひとごろ》しだ！

状況《じょうきょう》を悟《さと》ったラリーの表情《ひょうじょう》が、硬《かた》くなる。そして――

テセウス　逮捕《たいほ》する！　全員《ぜんいん》だ！　杖《つえ》を下《お》ろせ！

テセウスが杖《つえ》を上《あ》げ、五人《にん》の黒《くろ》い闇祓《やみばら》いと緊迫《きんぱく》したにらみ合《あ》い状態《じょうたい》だ。

首《くび》に呪文《じゅもん》を受《う》けて、テセウスが倒《たお》れる。ヘルムートが現《あらわ》れる。その杖先《つえさき》から煙《けむり》が出《で》ている。

ヘルムート　（ドイツ語《ご》で）連《つ》れていけ。

二人《ふたり》の闇祓《やみばら》いがテセウスを引《ひ》っ張《ば》り上《あ》げる。

ニュートが向《む》きを変《か》え、自分《じぶん》が撃《う》たれたようにショックを受《う》けて、人混《ひとご》みをかき分《わ》けて進《すす》む。

ニュート　テセウス！　テセウス！

ニュートが人混《ひとご》みを割《わ》って進《すす》むその脇《わき》に、ラリーとジェイコブがやってくる。

ラリー　ニュート、ニュート。ここじゃダメ。ニュート、勝《か》ち目《め》はないわ。

ヘルムートが冷静《れいせい》に振《ふ》り向《む》き、その後《うし》ろに控《ひか》えた闇祓《やみばら》いたちもニュートたちに向《む》き直《なお》る。

ラリー　行《い》きましょう、ニュート。連中《れんちゅう》はドイツ魔法省《まほうしょう》を押《お》さえているのよ。逃《に》げなくちゃ。

ジェイコブは、われ先《さき》に逃《に》げようとする人《ひと》たちに押《お》されながら、大広間《おおひろま》に向《む》かって叫《さけ》ぶ。

ジェイコブ

そんなのありかよ……おかしいぜ。正義《せいぎ》じゃない……入念《にゅうねん》な調査《ちょうさ》なんて……あんたたち、その場《ば》にいたのか？　……俺《おれ》はいたんだ……あんたたち、人殺《ひとごろ》しを解放《かいほう》したんだ！

ラリーがジェイコブをつかむ。

ラリー

逃《に》げなくちゃ！　逃《に》げるのよ！　ジェイコブ、さあ！

群衆《ぐんしゅう》の叫《さけ》びがあがる。グリンデルバルドのバナーが魔法省《まほうしょう》を取《と》り囲《かこ》む人《ひと》だかりの上《うえ》に広《ひろ》がり、群衆《ぐんしゅう》はグリンデルバルドの名《な》を唱《とな》える。その声《こえ》がどんどん大《おお》きくなる。

カット　画面切《がめんき》り替《か》え

完全《かんぜん》な静《しず》けさ。
暗《くら》い空《そら》から

砂糖《さとう》のような雪《ゆき》が降《ふ》っている。

シーン30

屋外《おくがい》　ホグズミード――夜《よる》

ホッグズ・ヘッドの店先《みせさき》の鎧戸《よろいど》が閉《し》まり、閉店中《へいてんちゅう》の看板《かんばん》がかかっている。通《とお》りは白《しろ》く長《なが》い毛布《もうふ》のよう。静謐《せいひつ》。

シーン31

屋内《おくない》　二階《かい》の部屋《へや》――ホッグズ・ヘッド
――同《おな》じ時《とき》――夜《よる》

ダンブルドアがアリアナの肖像画《しょうぞうが》の前《まえ》に立《た》っている。あたかも、アリアナが彼《かれ》を見《み》つめているようだ。

シーン32　屋内《おくない》　ホッグズ・ヘッド――同《おな》じ時《とき》――夜《よる》

ダンブルドアとアバーフォースしかいないパブで、二人《ふたり》が向《む》かい合《あ》って座《すわ》り、食事《しょくじ》している。しばらくの間《あいだ》、スプーンでスープをすくう音《おと》だけが聞《き》こえる。

ダンブルドア　（スープは）とてもうまい。

アバーフォースは黙《だま》って食《た》べ続《つづ》ける。

ダンブルドア　彼女《かのじょ》の好物《こうぶつ》だった。作《つく》ってくれって、母《かあ》さんにねだったのを覚《おぼ》えているか――アリアナが――母《かあ》さんは、このスープが彼女《かのじょ》を落《お》ち着《つ》かせるって言《い》った。そう思《おも》いたかったのだろう――

アバーフォース　アルバス。

ダンブルドアが食事《しょくじ》の手《て》を止《と》めて弟《おとうと》を見《み》る。ややあって、アバーフォースが顔《かお》を上《あ》げ、まっすぐにダンブルドアを見《み》る。

アバーフォース　俺《おれ》もそこにいた。同《おな》じ家《いえ》で育《そだ》ったんだ。兄貴《あにき》が見《み》たものは、俺《おれ》も全部《ぜんぶ》見《み》た。

（間《ま》）

全部《ぜんぶ》だ。

アバーフォースはまたスープを掻《か》き込《こ》み始《はじ》める。ダンブルドアは弟《おとうと》をじっと見《み》て、二人《ふたり》の間《あいだ》の距離《きょり》の重《おも》さを感《かん》じる。それから彼《かれ》も自分《じぶん》のスープに戻《もど》る。そのとき――突然《とつぜん》――戸《と》を叩《たた》く音《おと》が聞《き》こえる。アバーフォースが、大声《おおごえ》でぶっきらぼうに答《こた》える。

アバーフォース　看板《かんばん》を読《よ》め、マヌケ！

ダンブルドアは、入口《いりぐち》の向《む》こう側《がわ》に見知《みし》った人影《ひとかげ》を見《み》て、立《た》ち上《あ》がる。

シーン33 屋内《おくない》／屋外《おくがい》　パブの入口《いりぐち》——直後《ちょくご》——夜《よる》

ダンブルドアがパブの戸《と》を開《あ》ける。ミネルバ・マクゴナガルだ。

ミネルバ・マクゴナガル　お邪魔《じゃま》して申《もう》し訳《わけ》ありません、アルバス——

ダンブルドア　何事《なにごと》ですか？　話《はな》してください。

ミネルバ・マクゴナガル　ベルリンが。

シーン34　屋内《おくない》　ホッグズ・ヘッド——続《つづ》き——夜《よる》

アバーフォースは座《すわ》ったまま、マクゴナガルとダンブルドアが小声《こごえ》で話《はな》すのを聞《き》いている。そして——何《なに》かを感《かん》じ取《と》ったかのように——振《ふ》り向《む》く。

カウンターの中《なか》の汚《よご》れた鏡《かがみ》の表面《ひょうめん》が、奇妙《きみょう》に光《ひか》っている。

アバーフォースはゆっくり立《た》ち上《あ》がって、部屋《へや》を横切《よこぎ》り、鏡《かがみ》を見《み》つめる。自分《じぶん》の姿《すがた》がぼんやり映《うつ》り、その上《うえ》に、池《いけ》の表面《ひょうめん》に浮《う》いてきたかのように、文字《もじ》が現《あらわ》れる。

どんな気持《きも》ちか、わかるか？

アバーフォースはその文字《もじ》をしばらくじっと見《み》て、それから手《て》ぢかにある油《あぶら》じみた布《ぬの》を取《と》って鏡《かがみ》の文字《もじ》を拭《ふ》く。

シーン35 屋内《おくない》／屋外《おくがい》 パブの入口《いりぐち》――直後《ちょくご》――夜《よる》

マクゴナガルがいらいらと両手《りょうて》をもむ。ダンブルドアは深刻《しんこく》な表情《ひょうじょう》で、今聞《いまき》かされたことを考《かんが》えている。

ダンブルドア 午前中《ごぜんちゅう》の授業《じゅぎょう》を誰《だれ》かに代《か》わってもらわなければ。あなたに頼《たの》めるかな？

ミネルバ・マクゴナガル もちろんですわ。それから、アルバス、ああ、どうか……

ダンブルドア ベストを尽《つ》くす。

マクゴナガルは立《た》ち去《さ》りかけて立《た》ち止《ど》まり、パブに呼《よ》びかける。

ミネルバ・マクゴナガル おやすみなさい、アバーフォース。

アバーフォース （声《こえ》のみ）おやすみ、ミネルバ。あんたをマヌケ呼《よ》ばわりして悪《わる》かった。

ミネルバ・マクゴナガル お詫《わ》びを受《う》け入《い》れますわ。

マクゴナガルは立《た》ち去《さ》り、ダンブルドアは戸《と》を閉《し》める。

シーン36 屋内《おくない》 ホッグズ・ヘッド——続《つづ》き——夜《よる》

足音《あしおと》に気《き》が付《つ》き、アバーフォースが鏡《かがみ》から目《め》を逸《そ》らして振《ふ》り返《かえ》ると、ダンブルドアがコート掛《か》けから帽子《ぼうし》とコートを外《はず》しているのが見《み》える。

ダンブルドア　残念《ざんねん》だが、ゆっくりしていられなくなった。
アバーフォース　世界《せかい》を救《すく》いに行《い》くのか？
ダンブルドア　私《わたし》では力不足《ちからぶそく》だ。

ダンブルドアはコートを羽織《はお》りながら立《た》ち止《ど》まり、鏡《かがみ》に目《め》を留《と》める。「**孤独《こどく》がどんな気持《きも》ちか、**

わかるか？」の文字《もじ》がゆっくりと現《あらわ》れるのを見《み》る。鏡《かがみ》から目《め》を逸《そ》らすと、アバーフォースが自分《じぶん》を見《み》つめている。

アバーフォース 聞《き》かないでくれ。

兄弟《きょうだい》は見《み》つめあったまましばらくその場《ば》に立《た》ち、やがてダンブルドアが出《で》ていく。アバーフォースは兄《あに》の去《さ》っていく足音《あしおと》を聞《き》き、それからもう一度《いちど》鏡《かがみ》の文字《もじ》を見《み》る。

シーン37 屋外《おくがい》 中庭《なかにわ》――ヌルメンガード城《じょう》――同《おな》じ時《とき》――夜《よる》

輝《かがや》くフェニックスが、さっと空《そら》を飛《と》び、パンくずをとらえる。

その下《した》にクリーデンスが立《た》っている。フェニックスを見《み》る顔《かお》が静《しず》かな喜《よろこ》びに満《み》ちている。

シーン38　屋内《おくない》　居間《いま》――ヌルメンガード城《じょう》――同《おな》じ時《とき》――夜《よる》

グリンデルバルドが大《おお》きな窓《まど》のそばに立《た》っている。窓《まど》の外《そと》を飛《と》ぶフェニックスを見《み》ていると、ダンブルドアの姿《すがた》が窓《まど》ガラスに映《うつ》り、やがてその映像《えいぞう》はゆっくりとカーマの姿《すがた》に置《お》き変《か》わる。グリンデルバルドは目《め》を離《はな》さずにカーマの姿《すがた》を観察《かんさつ》する。そのときロジエールが部屋《へや》に入《はい》ってくる。

ロジエール　何千人《なんぜんにん》もの人《ひと》が通《とお》りに出《で》て、あなたの名前《なまえ》を呼《よ》んでいます。あなたは自由《じゆう》です。

グリンデルバルドが頷《うなず》く。

グリンデルバルド　出発《しゅっぱつ》の準備《じゅんび》をしろと、皆《みな》に言《い》え。

ロジエール　今夜《こんや》ですか？

グリンデルバルド　明日《あす》だ。明日《あす》の朝《あさ》、訪《たず》ねてくる者《もの》がいる。

窓越《まどご》しに、灰《はい》をまき散《ち》らしながら飛《と》ぶフェニックスの姿《すがた》が一瞬《いっしゅん》視界《しかい》に入《はい》ってくる。グリンデルバルドは中庭《なかにわ》をじっと見《み》る。そこにはクリーデンスが立《た》っている。

ロジエール　あの鳥《とり》はどうして彼《かれ》と一緒《いっしょ》に？

グリンデルバルド　彼《かれ》のしようとしていることを感《かん》じ取《と》っているのだろう。

ロジエール　それで、確信《かくしん》がおありなのですか？　あの子《こ》がダンブルドアを殺《ころ》せると。

グリンデルバルド　あいつの痛《いた》みがあいつの力《ちから》だ。

ロジエールがグリンデルバルドを見《み》る。

カット　画面切《がめんき》り替《か》え

シーン39 屋内《おくない》　ドイツ魔法省《まほうしょう》のオフィスの一室《いっしつ》――朝《あさ》

ニュート、ラリー、ジェイコブがオフィスで魔法省《まほうしょう》の役人《やくにん》を追《お》いかけている。

ニュート　僕《ぼく》がおたずねしているのは、イギリスの闇祓《やみばら》い局局長《きょくきょくちょう》のことなんですよ！　闇《やみ》祓《ばら》い局局長《きょくきょくちょう》を、どこにやったかわからないなんて、ありえないよ！

役人《やくにん》は振《ふ》り返《かえ》ってニュートと向《む》きあい、平静《へいせい》な目《め》でニュートを見《み》る。

魔法省役人《まほうしょうやくにん》　我々《われわれ》の主張《しゅちょう》はですな、その人《ひと》を拘束《こうそく》していないのだから、どこへもやってはいない。

ラリー　でも、何十人《なんじゅうにん》という人《ひと》がその場《ば》にいたんですよ。誰《だれ》かが証言《しょうげん》できるわ――

魔法省役人《まほうしょうやくにん》　それであなたのお名前《なまえ》は？

役人《やくにん》がラリーの目《め》をじっと見《み》たそのとき――

ジェイコブ　こんなとこ、出《で》ようよ……ヘイ！　待《ま》てよ！　あいつだ――

ニュートとラリーが振《ふ》り向《む》く。ガラスの仕切《しき》り壁《かべ》を通《とお》して、ヘルムートが執務室《しつむしつ》から廊下《ろうか》に出《で》てくるのが見《み》える。最初《さいしょ》に駅《えき》のプラットホームで見《み》た、背《せ》の高《たか》い闇祓《やみばら》いと一緒《いっしょ》だ。

ジェイコブが自分《じぶん》についてくるようにと役人《やくにん》を手招《てまね》きする。

ジェイコブ　こっち！　こっち！

ジェイコブ、ラリー、ニュートが急《いそ》いで廊下《ろうか》に向《む》かう。

ジェイコブ　ちょっと！　ヘイ！　あいつだ。あいつがテセウスの居場所《いばしょ》を知《し》ってる。おい！　テセウスはどこだ！

ヘルムートは三人《にん》を無視《むし》して歩《ある》き続《つづ》ける。

ジェイコブ　あいつだ――あいつがテセウスのことを知《し》っている。

突然《とつぜん》、上《うえ》からギロチンのようにガラスの仕切《しき》りが落《お》ちてくる。

シーン40　屋外《おくがい》　ドイツ魔法省《まほうしょう》――直後《ちょくご》――朝《あさ》

ニュート、ジェイコブ、ラリーが、脇《わき》の出入《でい》り口《ぐち》から抜《ぬ》け出《だ》す。ラリーが立《た》ち止《ど》まる。

ラリー　ニュート。

ニュートとジェイコブが振《ふ》り返《かえ》ると、手袋《てぶくろ》が片方《かたほう》、宙《ちゅう》に浮《う》いている。手袋《てぶくろ》が、角《かど》の柱《はしら》を回《まわ》ったところを指《ゆび》さす。ニュートが前《まえ》に歩《ある》いていって手袋《てぶくろ》を取《と》る。それから、二番目《にばんめ》の手袋《てぶくろ》についていくと、柱《はしら》の陰《かげ》の人物《じんぶつ》に近《ちか》づく。ダンブルドアだ。

シーン41　屋外《おくがい》　ドイツ魔法省《まほうしょう》――直後《ちょくご》――朝《あさ》

ダンブルドアが手袋《てぶくろ》の片方《かたほう》を、空中《くうちゅう》から回収《かいしゅう》し、もう片方《かたほう》をニュートから受《う》け取《と》る。そしてみんなの先《さき》に立《た》ち、にぎやかな大通《おおどお》りをさっさと歩《ある》く。どの物陰《ものかげ》にも危険《きけん》が潜《ひそ》んでいるとでもいうように、その目《め》が休《やす》みなく動《うご》く。

ニュート　アルバス。

ダンブルドア　テセウスはアークスタークに連《つ》れていかれた。

ニュート　でも、アークスタークは何年《なんねん》も前《まえ》に閉鎖《へいさ》された。

ダンブルドア　そうだ。だが、そこは今《いま》、魔《ま》法省《ほうしょう》の秘密《ひみつ》のB&B（宿泊所《しゅくはくじょ》）になっている。テセウスに会《あ》うには、これが必要《ひつよう》だ……これも……これも。

ダンブルドアは両方《りょうほう》の手袋《てぶくろ》を帽子《ぼうし》に入《い》れ、数枚《すうまい》の書類《しょるい》を帽子《ぼうし》から取《と》り出《だ》す。ニュートの視線《しせん》に気《き》が付《つ》き、書類《しょるい》をニュートに渡《わた》す。

ダンブルドアは壁《かべ》のところまで三人《にん》を連《つ》れていく。そして全員《ぜんいん》が壁《かべ》を抜《ぬ》ける。ラリーは気《き》が進《すす》まなそうなジェイコブを押《お》す。

ジェイコブ　待《ま》って、ちょっと、ちょっと！

ダンブルドア　コワルスキー君《くん》、杖《つえ》は気《き》に入《い》っただろうね？

ジェイコブ　俺《おれ》？　あ、うん。ダンブルドアさん、ありがとう。最高《さいこう》ですよ。

ダンブルドア　いつもそれを身《み》に着《つ》けているといい。

ジェイコブが、どういう意味《いみ》なのかを考《かんが》えている間《あいだ》、ダンブルドアは懐中時計《かいちゅうどけい》をコートから取《と》り出《だ》して傾《かたむ》ける。ニュートは、時《と》計《けい》の蓋《ふた》の内側《うちがわ》に映《うつ》っている風景《ふうけい》に、クリーデンスの姿《すがた》が被《かぶ》って映《うつ》るのを見《み》る。

ダンブルドア　ヒックス先生《せんせい》、ほかに御用《ごよう》がないとして――もっとも、御用《ごよう》があってもだが――どうか今夜《こんや》の「選挙《せんきょ》パーティ」に出席《しゅっせき》してほしい。コワルスキー君《くん》を連《つ》れていってくれ。そこでの暗殺計画《あんさつけいかく》があるのは確実《かくじつ》だ。それを何《なん》とか阻止《そし》してくだされば、大変《たいへん》ありがたい。

ラリー　喜《よろこ》んで。挑戦《ちょうせん》は歓迎《かんげい》だわ。それに、ジェイコブが一緒《いっしょ》だし。

ジェイコブはこのやり取《と》りを聞《き》いて、ちょっと警戒《けいかい》する。ダンブルドアがそれに気《き》が付《つ》く。

ダンブルドア　心配《しんぱい》しなくていいよ。ヒックス先生《せんせい》の防衛術《ぼうえいじゅつ》は鉄壁《てっぺき》だ。それではまた。

ダンブルドアは微笑《ほほえ》んで、帽子《ぼうし》をちょっと上《あ》げ、立《た》ち去《さ》る。

ラリー　おだてるんだから。
（間《ま》）
でも、確《たし》かに鉄壁《てっぺき》だわ。
ニュートが進《すす》み出《で》て、呼《よ》びかける。
ニュート　アルバス！
ダンブルドアが立《た》ち止《ど》まって振《ふ》り返《かえ》る。
ニュート　あれ、どうなってますか……？
ニュートが、カバンを持《も》つ格好《かっこう》をする。
ダンブルドア　ああ、そうか、カバンね。

ニュート ええ。

ダンブルドア 心配《しんぱい》ない。確《たし》かな人《ひと》が持《も》っている。

シーン42 屋外《おくがい》 ベルリンの通《とお》り――直後《ちょくご》――昼近《ひるちか》く

バンティ――ニュートのカバンを手《て》にしている――が市電《しでん》をよけて、通《とお》りをきびきびと横切《よこぎ》り、革製品《かわせいひん》の店《みせ》に入《はい》る。

シーン43 屋内《おくない》 オットーの革製品店《かわせいひんてん》――同《おな》じ時《とき》――昼近《ひるちか》く

小《ちい》さな呼《よ》び鈴《りん》が鳴《な》り、前掛《まえか》け姿《すがた》の大柄《おおがら》で髪《かみ》の薄《うす》い男《おとこ》、オットーが、大《おお》ばさみや槌《つち》、やっとこなどが取《と》り散《ち》らかっている作《さ》業机《ぎょうづくえ》からカウンターに出《で》てきて目《め》を上《あ》げる。

オットー　いらっしゃい。御用《ごよう》は？

バンティがカウンターに近《ちか》づき、ニュートのカバンを注意深《ちゅういぶか》くガラスのカウンターに載《の》せる。

バンティ　ええ、このカバンのコピーを作《つく》っていただきたいの。

オットー　いいですとも。

男《おとこ》が、タコのできた手《て》でくたびれたカバンをなでるのを、バンティは心配《しんぱい》そうに見《み》ている。男《おとこ》はあらゆる角度《かくど》からカバンを調《しら》べ、留《と》め金《がね》を外《はず》そうとする。

バンティ　あ、ダメです。開《あ》けないで！　あの、その必要《ひつよう》はないの。中《なか》はどうでもいいの。

男《おとこ》は不思議《ふしぎ》そうにバンティを見《み》て、肩《かた》をすくめる。

オットー　同《おな》じのをもう一つ作《つく》れないこたあないよ。

男《おとこ》が背後《はいご》の棚《たな》から紙《かみ》とペンをとるのに後《うし》ろを向《む》いたときに、キリンの赤《あか》ちゃんがカバンから首《くび》を出《だ》して、珍《めずら》しそうに周《まわ》りを眺《なが》める。バンティはすばやく――やさしく――キリンをそろそろと中《なか》に戻《もど》す。その直後《ちょくご》に男《おとこ》がこちらに向《む》き直《なお》る。

オットー　カバンをお預《あず》かりして――

バンティ　ああ、いいえ。できないの。預《あず》けるのは。それに一つだけじゃなくてもっと欲《ほ》しいの。あの、私《わたし》の夫《おっと》はちょっとうっかりやさんで、しょっちゅう物忘《ものわす》れするの――この間《あいだ》なんか、私《わたし》と結婚《けっこん》していることを忘《わす》れたわ。ありえないでしょ？

バンティは少《すこ》し不自然《ふしぜん》に笑《わら》うが、それに気《き》が付《つ》いて、自分《じぶん》を落《お》ち着《つ》かせる。

バンティ　でも私《わたし》は彼《かれ》を愛《あい》してるわ。

オットー　一体《いったい》いくつお作《つく》りすればいいんで？
バンティ　半《はん》ダース。それに二日《ふつか》でお願《ねが》いしたいんだけど。

シーン44　**屋外《おくがい》　ベルリンの通《とお》り――直後《ちょくご》――昼近《ひるちか》く**

バンティがニュートのカバンを持《も》って、通《とお》りを横切《よこぎ》って戻《もど》っていく。

シーン45　**屋内《おくない》　クリーデンスの部屋《へや》――ヌルメンガード城《じょう》――昼近《ひるちか》く**

クイニーが下《した》を見下《みお》ろしている。ザビニとカローが防衛姿勢《ぼうえいしせい》をとっているのが見《み》える。

ザビニ　両手《りょうて》を上《あ》げろ。

訪問者《ほうもんしゃ》はおとなしく両手《りょうて》を上《あ》げて、歩《ある》き続《つづ》ける……

シーン46

屋外《おくがい》　中庭《なかにわ》——ヌルメンガード城《じょう》——
同《おな》じ時《とき》——昼近《ひるちか》く

訪問者《ほうもんしゃ》はもう数歩《すうほ》進《すす》んで止《と》まる。カーマだ。ザビニがほかの仲間《なかま》を離《はな》れて、カーマに近《ちか》づく。

ザビニ　何者《なにもの》だ？

カーマ　私《わたし》はユスフ・カーマ。

グリンデルバルドとロジエールが城《しろ》から出《で》てくる。

グリンデルバルド　客人《きゃくじん》は誰《だれ》かな？
カーマ　私《わたし》は……崇拝者《すうはいしゃ》だ。
ロジエール　妹《いもうと》をあなたが殺《ころ》しました。リタという名前《なまえ》でした。

グリンデルバルドがカーマを見《み》る。

カーマ　リタ・レストレンジ。
グリンデルバルド　ああ、なるほど。君《きみ》と妹《いもうと》とは、古《ふる》くからの血統《けっとう》の同《おな》じ血《ち》でつながっている――
カーマ　同《おな》じ血《ち》で**つながっていた**。つながりはそれだけだった。

グリンデルバルドは注意深《ちゅういぶか》くカーマを観察《かんさつ》する。

グリンデルバルド　君《きみ》を送《おく》り込《こ》んだのはダンブルドアだな？

カーマ　彼《かれ》は、あなたがある動物《どうぶつ》を所持《しょじ》していることを恐《おそ》れ、その動物《どうぶつ》をあなたが利用《りよう》することを恐《おそ》れている。あなたをスパイするために私《わたし》を送《おく》り込《こ》んだ。あの人《ひと》にどう報告《ほうこく》してほしいですか？

グリンデルバルド　クイニー、本当《ほんとう》のことを言《い》っているか？

クイニーはカーマを見《み》る。彼女《かのじょ》の目《め》に迷《まよ》いが見《み》える。

クイニーが頷《うなず》く。

グリンデルバルドは、暗《くら》がりにいるクリーデンスに目《め》を向《む》ける。グリンデルバルドがほとんどわからない程度《ていど》に頷《うなず》く。クリーデンスがそっとその場《ば》から立《た》ち去《さ》る。グリンデルバルドがカーマに視線《しせん》を戻《もど》す。

グリンデルバルド　ほかには？

クイニー　あなたのことを信奉《しんぽう》してはいるけれど、妹《いもうと》の死《し》はあなたのせいだと思《おも》っている。妹《いもうと》がもういないことを日々《ひび》思《おも》い出《だ》す。息《いき》をするたびに、もう息《いき》をしていない妹《いもうと》を思《おも》い出《だ》す。

クイニーは、自分《じぶん》の目《め》をじっと見《み》ているカーマを見《み》る。グリンデルバルドは、クイニーの言《い》ったことを考《かんが》えているように一人《ひとり》頷《うなず》く。それから杖《つえ》を取《と》り出《だ》す。

グリンデルバルド　それなら、私《わたし》が妹《いもうと》の記憶《きおく》から君《きみ》を解《と》き放《はな》ってもいいだろうな。

グリンデルバルドが進《すす》み出《で》て、杖《つえ》の先《さき》をカーマのこめかみに当《あ》て、カーマが抵抗《ていこう》を見《み》せるかどうかを観察《かんさつ》する。カーマは確固《かっこ》として動《うご》かない。

グリンデルバルド　いいな？

カーマ　ああ。

グリンデルバルドはゆっくりと杖《つえ》を引《ひ》き、透明《とうめい》な糸《いと》を引《ひ》っ張《ぱ》り出《だ》す。カーマの顔《かお》に——ほんの一瞬《いっしゅん》——喪失感《そうしつかん》が流《なが》れる。クイニーはそれを見《み》ながら、平静《へいせい》を保《たも》とうとしている。

その時《とき》、透明《とうめい》な糸《いと》がカーマのこめかみを離《はな》れ、凧《たこ》のしっぽのように、グリンデルバルドの杖《つえ》の先《さき》でひらひら揺《ゆ》れて、やがて霞《かすみ》のように消《き》える。

グリンデルバルド　どうだ、楽《らく》になっただろう？

カーマは焦点《しょうてん》の合《あ》わない目《め》で前《まえ》を見《み》ている。やがてカーマが頷《うなず》く。

グリンデルバルド　そうだろう。怒《いか》りは心《こころ》をすり減《へ》らす。犠牲《ぎせい》になるのは自分《じぶん》だけだ。
（微笑《ほほえ》んで、さらに）さて、我々《われわれ》は発《た》つところだ。君《きみ》も一緒《いっしょ》に来《く》るかな？
さあ、共通《きょうつう》の友《とも》、ダンブルドアについてもう少《すこ》し語《かた》ろうじゃないか。

クイニーはグリンデルバルドがカーマを連《つ》れて城《しろ》の中《なか》に入《はい》るのを見《み》ている。そのとき——カーマがそばを通《とお》るとき――カーマの虚《うつ》ろな目《め》がクイニーの目《め》と合《あ》い――一瞬《いっしゅん》強《つよ》く輝《かがや》く――まるでクイニーに何《なに》かを伝《つた》えようとするように。そして城《しろ》の中《なか》に消《き》える。

ロジエール　どうぞお先《さき》に。

クイニーが目《め》を上《あ》げると、自分《じぶん》を観察《かんさつ》しているロジエールが見《み》える。

ロジエールがお先《さき》にどうぞというしぐさをして、自分《じぶん》も中《なか》に入《はい》りドアを閉《し》める。

カット　画面切り替え《がめんきりか》

シーン47 屋外《おくがい》 混《こ》み合《あ》った通《とお》り――ベルリン――日中《にっちゅう》

ダンブルドアがベルリンの通《とお》りを急《いそ》ぎ足《あし》で歩《ある》いている。クリーデンスが跡《あと》をつけている。

ダンブルドアは通《とお》りを横切《よこぎ》り、とある店《みせ》の前《まえ》でゆっくり止《と》まる。店《みせ》の窓《まど》にクリーデンスが映《うつ》っている。車《くるま》の流《なが》れの向《む》こう側《がわ》で、走《はし》る車《くるま》の間《あいだ》に見《み》える。

ダンブルドアがゆっくりと目《め》の前《まえ》の雪片《せっぺん》を吹《ふ》くと、それが水玉《みずたま》に変《か》わる。

水玉《みずたま》が透明《とうめい》な弾丸《だんがん》のように窓《まど》の中《なか》に飛《と》び込《こ》み、ガラスに映《うつ》る電車《でんしゃ》や車《くるま》を飛《と》び越《こ》え、クリーデンスに届《とど》き、その額《ひたい》で壊《こわ》れる。水玉《みずたま》がはじけると、通《とお》りの音《おと》が溶《と》けるように消《き》え、遠《とお》くに聞《き》こえる。

ダンブルドア　やあ、クリーデンス。

ダンブルドアが振《ふ》り向《む》いてクリーデンスと向《む》き合《あ》う。ダンブルドアが通《とお》りを横切《よこぎ》ってクリーデンスに近《ちか》づく間《あいだ》、クリーデンスは緊張《きんちょう》し、杖《つえ》を構《かま》える。周囲《しゅうい》の世界《せかい》は違《ちが》って見《み》え、なぜか動《うご》きが遅《おそ》い。あたかも、鏡《かがみ》に映《うつ》るベルリンの街《まち》の中《なか》に入《はい》り込《こ》んだかのようだ。

二人《ふたり》はお互《たが》いに回《まわ》り込《こ》む。どうやら周囲《しゅうい》の人《ひと》たちは何《なに》も気《き》が付《つ》かない。クリーデンスは杖《つえ》を構《かま》えている。

クリーデンス　どんな気持《きも》ちか、わかるか？　この孤独《こどく》が。ずっと一人《ひとり》きりだ。

ダンブルドアは徐々《じょじょ》に気《き》づく。

ダンブルドア　君《きみ》だったのか。鏡《かがみ》のメッセージを送《おく》っていたのは。

クリーデンス　僕《ぼく》はダンブルドアだ。あんたは僕《ぼく》を捨《す》てた。僕《ぼく》の体《からだ》に流《なが》れている血《ち》があんたにも流《なが》れているのに。

フェニックスが飛《と》び過《す》ぎていく。ダンブルドアがそれをちらりと見上《みあ》げる。クリーデンスの内《うち》側《がわ》から出《で》てくる暗《くら》いエネルギーが、外《そと》に流《なが》れ出《だ》し、道路《どうろ》の敷石《しきいし》を砕《くだ》き、二人《ふたり》の周《まわ》りの電車《でんしゃ》の線路《せんろ》を持《も》ち上《あ》げる。ダンブルドアはそのエネルギーを観察《かんさつ》し、認識《にんしき》する。その間《あいだ》、周《まわ》りの世界《せかい》は通常《つうじょう》通《とお》りに続《つづ》いているように見《み》える。

クリーデンス　鳥《とり》はあんたのために来《き》たんじゃない。僕《ぼく》のために来《き》たんだ。

クリーデンスの周《まわ》りで地面《じめん》が砕《くだ》け、破《やぶ》れる。ダンブルドアは何《なに》が起《お》こるかを感《かん》じ取《と》り、身構《みがま》える。

クリーデンスの杖《つえ》から緑色《みどりいろ》の光《ひかり》が飛《と》び出《だ》す。ダンブルドアは滑《なめ》らかに動《うご》き、見事《みごと》な速《はや》さでそれをかわす。クリーデンスは前進《ぜんしん》して、すぐさま次《つぎ》の呪文《じゅもん》を発射《はっしゃ》し、地面《じめん》を浮《う》かび上《あ》がらせ、砕《くだ》いてダンブルドアに叩《たた》きつける。ダンブルドアは爆発的《ばくはつてき》な攻撃《こうげき》を消散《しょうさん》させてから、その矛先《ほこさき》の届《とど》かない場所《ばしょ》に「姿《すがた》あらわし」する。

クリーデンスは走《はし》り出《だ》す。車《くるま》が浮《う》かび上《あ》がり、石組《いしぐ》みや窓《まど》ガラスが持《も》ち上《あ》がる、そのすべてを集《あつ》め、地震《じしん》を起《お》こし、波立《なみだ》ち震《ふる》える瓦礫《がれき》の後《うし》ろからダンブルドアに向《む》かって走《はし》っていく。ダンブルドアが瓦礫《がれき》の攻撃《こうげき》をかわし切《き》った瞬間《しゅんかん》、クリーデンスが襲《おそ》いかかり、二人《ふたり》は腕《うで》を絡《から》ませて一対《いったい》一《いち》で戦《たたか》う。

二人《ふたり》の背後《はいご》に電車《でんしゃ》が近《ちか》づき、ダンブルドアは後方《こうほう》に「姿《すがた》あらわし」する。クリーデンスも後《あと》に続《つづ》く。カメラも二人《ふたり》を追《お》って電車《でんしゃ》の中《なか》へ。クリーデンスが激《はげ》しい攻撃《こうげき》の手《て》を緩《ゆる》めずにダンブルドアを追《お》い、またしても強力《きょうりょく》な呪文《じゅもん》を放《はな》って電車《でんしゃ》を真《ま》っ二《ぷた》つにする。目《め》にもとまらぬ速《はや》さで電車《でんしゃ》の中《なか》から外《そと》へ、そして通《とお》りへと戻《もど》る二人《ふたり》を、カメラが追《お》う。

静寂《せいじゃく》。

通《とお》りは不気味《ぶきみ》な静《しず》けさ。クリーデンスは初《はじ》めて周《まわ》りの世界《せかい》の様子《ようす》が違《ちが》うことに気《き》づく。

クリーデンスが突然《とつぜん》首筋《くびすじ》に杖《つえ》を感《かん》じて振《ふ》り向《む》くと、ダンブルドアが後《うし》ろに立《た》っている。

ダンブルドアが「灯消《ひけ》しライター」を掲《かか》げる。

ダンブルドア　真実《しんじつ》は見《み》かけと同《おな》じではないぞ、クリーデンス。君《きみ》が何《なに》を聞《き》かされてきたとしても。

カチッと鳴《な》らすと、周《まわ》りのすべてがライターの中《なか》に吸《す》い込《こ》まれ、絵画《かいが》のように融《と》けて、あたかも遠《とお》い記憶《きおく》のように、現実世界《げんじつせかい》のネガが残《のこ》る。

クリーデンス　僕《ぼく》の名《な》はアウレリウスだ。

ダンブルドア　あいつは、君《きみ》の憎《にく》しみに火《ひ》をつけようとして、うそを吹《ふ》き込《こ》んだ。

焦燥感《しょうそうかん》にかられ、クリーデンスは、電光石火《でんこうせっか》で打《う》ちかかる。しばらくの間《あいだ》二人《ふたり》は、速攻《そっこう》の連続《れんぞく》で一騎打《いっきう》ちを続《つづ》ける。

クリーデンスが次々《つぎつぎ》に繰《く》り出《だ》す爆発的《ばくはつてき》な呪文《じゅもん》を、ダンブルドアは軽々《かるがる》と防《ふせ》ぐ。ダンブルドアが手《て》を伸《の》ばして、クリーデンスに向《む》けて放《はな》った呪文《じゅもん》で、クリーデンスがよろめいて後退《こうたい》する。その体《からだ》から、黒《くろ》くうねる物質《ぶっしつ》の塊《かたまり》が噴《ふ》き出《だ》す。

ダンブルドアの呪文《じゅもん》で、クリーデンスは通《とお》りの雪《ゆき》の上《うえ》にゆっくりとあおむけに下《お》ろされる。上《うえ》を見《み》ると、荒《あ》れた空《そら》と輪《わ》を描《えが》いて飛《と》ぶフェニックスが見《み》える。

ダンブルドアは肩《かた》で息《いき》をしながら、杖《つえ》を下《お》ろす。クリーデンスの背後《はいご》では黒《くろ》い煙《けむり》がのたうっている。ダンブルドアは、フェニックスが舞《ま》い降《お》りてきて、クリーデンスの上《うえ》にしばらく浮《う》かび、やがて羽《は》ばたいて飛《と》び去《さ》るのを見《み》ている。

新《あたら》しいアングル――クリーデンス

ダンブルドアが近《ちか》づき、膝《ひざ》をつく。クリーデンスのそばで――静《しず》かに――眺《なが》めている。

クリーデンスの目《め》が動《うご》き、ダンブルドアの目《め》を凝視《ぎょうし》する。

ダンブルドア　連中《れんちゅう》が君《きみ》に話《はな》したことは真実《しんじつ》ではない。しかし私《わたし》たちは確《たし》かに同《おな》じ血《ち》を継《つ》いでいる。君《きみ》はダンブルドアだ。

これを聞《き》き、クリーデンスがダンブルドアと目《め》を合《あ》わせる。二人《ふたり》は心《こころ》を通《かよ》わせながら、しばらく見《み》つめあう。黒《くろ》い気体《きたい》がクリーデンスの体《からだ》に戻《もど》っていく。ダンブルドアがそっとクリーデンスの胸《むね》に手《て》を置《お》く。

ダンブルドア　苦《くる》しんだだろう。すまない。私《わたし》たちは知《し》らなかったのだ。誓《ちか》って。

ダンブルドアが灯消《ひけ》しライターをもう一度《いちど》取《と》り上《あ》げ、呪文《じゅもん》が流《なが》れ出《だ》すと、二人《ふたり》は現実《げんじつ》のベルリンの通《とお》りに戻《もど》っている。二人《ふたり》が決闘《けっとう》した世界《せかい》は、二人《ふたり》の下《した》の雪解《ゆきど》けの水《みず》たまりに映《うつ》っている。

ダンブルドアはクリーデンスから離《はな》れて注意深《ちゅういぶか》く彼《かれ》を観察《かんさつ》し、手《て》を差《さ》し伸《の》べる。

クリーデンスがその手《て》を取《と》ると、ダンブルドアは屈《かが》んでクリーデンスを助《たす》け起《お》こし、それからあわただしい街《まち》の通《とお》りに戻《もど》っていく。クリーデンスはその姿《すがた》をじっと見《み》ている。

シーン48

屋外《おくがい》　地下鉄《ちかてつ》（Uバーン）の閉鎖《へいさ》された入口《いりぐち》——ベルリン——同《おな》じ日《ひ》——夕方《ゆうがた》

ニュートがUバーンのゲートに近《ちか》づいて、さびた錠前《じょうまえ》を外《はず》す。

シーン49

屋内《おくない》　アークスターク牢獄《ろうごく》——ベルリン——直後《ちょくご》

短《みじか》くなったろうそくが、壁一面《かべいちめん》に並《なら》んだ狭《せま》い整理棚《せいりだな》の前《まえ》に座《すわ》っている、もじゃもじゃ頭《あたま》の牢番《ろうばん》を不気味《ぶきみ》な光《ひかり》で照《て》らしている。

ニュート　兄《あに》に会《あ》いに来《き》たのですが。テセウス・スキャマンダーという名《な》で……

ニュートがダンブルドアにもらった書類《しょるい》を差《さ》し出《だ》すが、持《も》ち歩《ある》いてくたびれたティナの写真《しゃしん》が机《つくえ》に落《お》ちる。魔法《まほう》のかかった印鑑《いんかん》が、勇《いさ》み足《あし》で、ニュートの書類《しょるい》を越《こ》えて写真《しゃしん》に向《む》かう。ニュートは間一髪《かんいっぱつ》で写真《しゃしん》を拾《ひろ》い上《あ》げる。

ニュート　すみません、それはただの……

ニュートはそのとき、牢番《ろうばん》がテセウスのネクタイをしているのに気《き》が付《つ》く。ニュートはしばらく見《み》つめる。すると、

牢番《ろうばん》　杖《つえ》。

ニュートは顔《かお》をしかめてコートに手《て》を突《つ》っ込《こ》み、しぶしぶ従《したが》う。牢番《ろうばん》はこわばった体《からだ》で立《た》ち上《あ》がり、自分《じぶん》の杖《つえ》でニュートの体《からだ》を調《しら》べ始《はじ》める。ポケットのところで、キーキー声《こえ》が聞《き》こえる。

ニュート　あ、それは──僕《ぼく》は、魔《ま》法《ほう》動《どう》物《ぶつ》学《がく》者《しゃ》で……

牢番《ろうばん》はピケットをポケットから取《と》り出《だ》す。

ニュート　この子《こ》はまったく無《む》害《がい》です。ただの……ペットです。ほんとに。

ピケットが首《くび》を伸《の》ばしてしかめっ面《つら》をする。

ニュート　ごめんよ。

テディが別《べつ》のポケットから頭《あたま》を覗《のぞ》かせる。

ニュート　テディです――まったく手《て》の焼《や》ける子《こ》で――正直《しょうじき》言《い》って――

牢番《ろうばん》　そいつらは置《お》いていけ。

しぶしぶニュートが二匹《ひき》を渡《わた》す。牢番《ろうばん》がピケットをニュートの杖《つえ》と一緒《いっしょ》の整理棚《せいりだな》に入《い》れ、テディを別《べつ》な整理棚《せいりだな》に入《い》れるのを、ニュートはみじめな表情《ひょうじょう》で見《み》ている。テディの小太《こぶと》りの体《からだ》は、小《ちい》さな整理棚《せいりだな》にぎゅうぎゅう詰《づ》めだ。ピケットが恨《うら》めしそうにキーキー声《こえ》をあげる。

牢番《ろうばん》が、胸《むね》の悪《わる》くなるようなグチャッという音《おと》とともに、地虫《じむし》ののたくっているバケツに手《て》をつっこみ、一匹《ぴき》つまみ出《だ》して握《にぎ》り、こぶしで振《ふ》り動《うご》かすと、地虫《じむし》は一瞬《いっしゅん》そこでひくひく動《うご》き、蛍《ほたる》のような虫《むし》に変身《へんしん》する。牢番《ろうばん》はそれを小《ちい》さなブリキのランタンに入《い》れる。それがパタパタ飛《と》ぶと、ランタンがゆらゆら揺《ゆ》れる弱《よわ》い光《ひかり》を放《はな》つ。ニュートはランタンを手《て》にして、暗《くら》い通路《つうろ》を見《み》る。

ニュート　どうやって兄《あに》を探《さが》せばいいんですか？

牢番《ろうばん》　お前《まえ》の兄《あに》だろう？

ニュート　そうです。

牢番《ろうばん》　お前《まえ》の兄《あに》に似《に》ているやつを探《さが》せ。

ニュートが歩《ある》き始《はじ》めると、ピケットがその姿《すがた》をじっと見《み》ている。

暗《くら》がりに飲《の》み込《こ》まれる前《まえ》に、ニュートが振《ふ》り返《かえ》る。

ニュート　戻《もど》ってくるよ、ピック。約束《やくそく》する。

牢番《ろうばん》　「戻《もど》ってくるよ、ピック。約束《やくそく》する」。ヘッ、なら俺《おれ》もいつか魔法大臣《まほうだいじん》になるさ。

牢番《ろうばん》はニヤッと残酷《ざんこく》に笑《わら》う。テディは見《み》つめ続《つづ》け、ピケットは牢番《ろうばん》に向《む》かって舌《した》を出《だ》す。

シーン50 屋外《おくがい》 ドイツ魔法省《まほうしょう》——夜《よる》

魔法省《まほうしょう》の周囲《しゅうい》の道《みち》は今《いま》やグリンデルバルドの支持者《しじしゃ》で溢《あふ》れている。グリンデルバルドの顔《かお》を描《えが》いたプラカードを持《も》ち、ドラムを激《はげ》しく打《う》ち鳴《な》らしている。階段《かいだん》の一番上《いちばんうえ》で、ヘルムートが無表情《むひょうじょう》にそれらを見渡《みわた》している。

シーン51 屋内《おくない》 グリンデルバルドの車《くるま》——続《つづ》き——夜《よる》

グリンデルバルドは——覚《さ》めた目《め》で興味深《きょうみぶか》そうに——車《くるま》の色《いろ》ガラスの外《そと》に次々《つぎつぎ》現《あらわ》れる見知《みし》らぬ顔《かお》を眺《なが》めている。ロジエールが隣《となり》に座《すわ》っている。

窓《まど》の外《そと》の顔《かお》にはもはや焦点《しょうてん》があっておらず、かわりにガラスに映《うつ》っているのは、グリンデルバルドだけに見《み》えるイメージで、杖《つえ》を持《も》っているジェイコブだ。
ロジエールが前屈《まえかが》みになって運転手《うんてんしゅ》に話《はな》しかけている。

ロジエール　裏《うら》に回《まわ》って。ここは安全《あんぜん》じゃないわ。
グリンデルバルド　（我《われ》に返《かえ》って）いや、窓《まど》を下《お》ろしてくれ。
ロジエール　えっ？
グリンデルバルド　窓《まど》だ。窓《まど》を開《あ》けろ……

ロジエールが震《ふる》える手《て》を伸《の》ばし、少《すこ》しだけ窓《まど》を開《あ》ける。たちまちたくさんの手《て》が車《くるま》の中《なか》の人影《ひとかげ》をさぐり始《はじ》め、騒《さわ》がしい人声《ひとごえ》が入《はい》ってくる。グリンデルバルドは終始《しゅうし》目《め》を閉《と》じて落《お》ち着《つ》いている。
そして、何《なん》の前触《まえぶ》れもなく、彼《かれ》はドアのロックを外《はず》し……

ロジエール　だめ！　だめです！

グリンデルバルドは外《そと》の混乱《こんらん》の渦《うず》の中《なか》に出《で》ていく。ロジエールは凍《こお》り付《つ》いたように座《すわ》っている。

シーン52

屋外《おくがい》　ドイツ魔法省《まほうしょう》——続《つづ》き——夜《よる》

グリンデルバルドは、古代《こだい》ローマの行政官《ぎょうせいかん》のように手《て》を振《ふ》りながら、熱狂《ねっきょう》する支持者《しじしゃ》たちの群《む》れに担《かつ》ぎ上《あ》げられて階段《かいだん》を上《のぼ》る。

シーン53

屋内《おくない》　上階《じょうかい》のバルコニー——ドイツ魔法省《まほうしょう》——同《おな》じ時《とき》——夜《よる》

背《せ》の高《たか》い英国《えいこく》の魔女《まじょ》が、フランスの大臣《だいじん》（ビクトール）、フィッシャー、フォーゲルと並《なら》んで立《た》ち、どんどん膨《ふく》れ上《あ》がる群衆《ぐんしゅう》を見下《みお》ろしている。

フォーゲル　群衆《ぐんしゅう》は、我々《われわれ》に聞《き》いてはどうかと**促《うなが》している**わけではなく、聞《き》いてくれと**頼《たの》ん**

英国《えいこく》の魔女《まじょ》　**でいるわけでもない。聞《き》けと要求《ようきゅう》しているのだ。**

フォーゲル　まさか、あなたは、あの男《おとこ》の立候補《りっこうほ》を提案《ていあん》しているのでは――

そうだ！　そう。あの男《おとこ》を立候補《りっこうほ》させるのだ！

下《した》のほうで、真《ま》っ青《さお》な顔《かお》のロジエールが車《くるま》から降《お》りて、グリンデルバルドが群衆《ぐんしゅう》にもまれて動《うご》いていく姿《すがた》を見《み》ている。

英国《えいこく》の魔女《まじょ》　ゲラート・グリンデルバルドはマグルと魔法界《まほうかい》の戦争《せんそう》を望《のぞ》んでいるのですよ！　そうなれば、マグルの世界《せかい》が破壊《はかい》されるばかりでなく、我々《われわれ》の世界《せかい》も破壊《はかい》されるでしょう。

フォーゲル　だから、彼《かれ》は選挙《せんきょ》で勝《か》ってはならない！　立候補《りっこうほ》させて民《たみ》に投票《とうひょう》させるのだ。彼《かれ》が落選《らくせん》すれば、民意《みんい》を反映《はんえい》させた上《うえ》でのことになる。投票《とうひょう》させなかったら……この街《まち》が血《ち》に染《そ》まる。

フォーゲル以外《いがい》の魔法使《まほうつか》いたちも下《した》を見《み》て、グリンデルバルドが群衆《ぐんしゅう》に担《かつ》ぎ上《あ》げられて、魔法《まほう》省《しょう》の階段《かいだん》を上《あ》がってくるのを見《み》つめる。

シーン54　屋内《おくない》　通路《つうろ》──アークスターク牢獄《ろうごく》──夜《よる》

小《ちい》さなちらちらする明《あ》かりが近《ちか》づいてくる。明《あ》かりがもっと近《ちか》くに来《く》ると、ニュートの姿《すがた》がはっきり見《み》える。ニュートが立《た》ち止《ど》まる。

ニュート　テセウス！

周《まわ》りの暗《くら》がりで小《ちい》さなものがたくさん動《うご》く気配《けはい》。

ニュートが屈《かが》んでランタンを振《ふ》る。小《ちい》さなカニのような生《い》き物《もの》が一匹《ぴき》──赤《あか》ん坊《ぼう》のマンティコア──かさかさとやってくる。ニュートを見《み》て、触手《しょくしゅ》を振《ふ》る。それは──どう見《み》ても──かわいらしい。

ニュートはあまりかわいいとは思《おも》わないようだ。ニュートが見《み》ているうちに、別《べつ》の赤《あか》ん坊《ぼう》マンティコアが現《あらわ》れ、またまた別《べつ》のが現《あらわ》れ、さらに別《べつ》のが現《あらわ》れる。一匹《ぴき》が上《うえ》を見《み》て歯《は》をむき出《だ》す。かわいらしくない。

ニュートが後退《あとずさ》りして吹《ふ》き抜《ぬ》けのような場所《ばしょ》に近《ちか》づく。両足《りょうあし》が大《おお》きな竪穴《たてあな》の縁《ふち》にかかる。巨大《きょだい》な暗《くら》い穴《あな》を見下《みお》ろす。下《した》の暗《くら》がりで、何《なに》かが動《うご》く。

ニュートは突然《とつぜん》、奇妙《きみょう》なカニのようなポーズをとる。赤《あか》ん坊《ぼう》マンティコアたちもそれをまねる。

シーン55　屋内《おくない》　大広間《おおひろま》――ドイツ魔法省《まほうしょう》――夜《よる》

ロブスターの料理《りょうり》がいくつも、テーブルに運《はこ》ばれる。ラリーは着席《ちゃくせき》していて、部屋《へや》をくまなく見《み》まわし、リウとサントスが座《すわ》っているテーブルに注意《ちゅうい》を向《む》けて、二人《ふたり》の周《まわ》りをまわっているウェイターや後片付《あとかたづ》けのボーイたちに、何《なに》か危険《きけん》な気配《けはい》はないかと見張《みは》っている。一人《ひとり》の暗《くら》い目《め》をしたウェイターがラリーの視界《しかい》に何度《なんど》も入《はい》ってくる。

ジェイコブのゴブレットに魔法《まほう》でワインが注《そそ》がれ、グラスを持《も》ち上《あ》げると――部屋《へや》の向《む》こうからエディスが盛《さか》んに手《て》を振《ふ》っているのに気《き》づき――乾杯《かんぱい》のしるしにグラスを傾《かたむ》ける。そのとき、エディスの左側《ひだりがわ》に座《すわ》っている指揮者《しきしゃ》のようなヘアスタイルの、偉《えら》そうな魔法使《まほうつか》いに気《き》が付《つ》く。

ジェイコブ　ラリー、あの変《へん》な髪《かみ》の男《おとこ》。エディスの隣《となり》。人《ひと》を殺《ころ》しそうな顔《かお》だぜ。それに俺《おれ》の叔父《おじ》のドミニクそっくりだ。

ラリー　（その男《おとこ》を見《み》て）そのドミニク叔父《おじ》さんって、ノルウェーの魔法大臣《まほうだいじん》かしら？

ジェイコブ　いいや。

ラリー　　　ちがうでしょうね。

ラリーは微笑《ほほえ》む。そのとき突然《とつぜん》、広間《ひろま》の中《なか》の雰囲気《ふんいき》が変《か》わり、グリンデルバルドとお付《つ》きの者《もの》たちが、意気揚々《いきようよう》と広間《ひろま》に入《はい》ってくる。髪《かみ》は乱《みだ》れ、上着《うわぎ》はもみくちゃになったグリンデルバルドは、中身《なかみ》のない取《と》り巻《ま》き客《きゃく》ばかりのこの部屋《へや》では、さっそうとした本物《ほんもの》に見《み》える。グリンデルバルドは屋敷《やしき》しもべ妖精《ようせい》の四重奏楽団《しじゅうそうがくだん》に向《む》かって演奏《えんそう》を続《つづ》けるようにと言《い》う。

グリンデルバルドは広間《ひろま》を進《すす》み、あとにはロジエール、クイニー、カーマ、カロー、ザビニなどのアコライトたちが続《つづ》く。

クイニーが通《とお》り過《す》ぎるとき、ジェイコブが立《た》ち上《あ》がる。

ジェイコブ　　　クイニー……クイニー。

クイニーはジェイコブがそこにいることを知《し》っているが、完全《かんぜん》に無視《むし》する。

グリンデルバルド　（サントスを見《み》つけて）マダム・サントス。光栄《こうえい》です。あなたの支持者《しじしゃ》たちは、なかなか熱《あつ》い応援《おうえん》ですな。

サントス　（冷《つめ》たい微笑《びしょう》）そちらこそ、グリンデルバルドさん。

グリンデルバルドはとってつけたように微笑《ほほえ》む。

シーン56　屋内《おくない》　通路《つうろ》の奥《おく》——アークスターク牢獄《ろうごく》——夜《よる》

テセウスが小《ちい》さな独房《どくぼう》で逆《さか》さづりになっている。カタカタという音《おと》が近《ちか》づいてきて、テセウスは通路《つうろ》に目《め》を凝《こ》らす。ニュートが変《へん》なカニ歩《ある》きをしながら、何百匹《なんびゃっぴき》もの赤《あか》ん坊《ぼう》マンティコアを引《ひ》き連《つ》れてやってくるのが見《み》える。全部《ぜんぶ》がニュートのまねをしている。

テセウス　助《たす》けに来《き》たのか？

ニュート　だいたいそんなところだ。

テセウス　（ニュートのカニ歩《ある》きに）それ――お前《まえ》の恰好《かっこう》――作戦《さくせん》だろうな？

ニュート　大脳辺縁系擬態《だいのうへんえんけいぎたい》っていうテクニックだよ。狂暴《きょうぼう》な攻撃《こうげき》をさせないための。理論《りろん》上《じょう》はね。一度《いちど》しか試《ため》してないけど。

テセウス　で、効果《こうか》は？

ニュート　結論《けつろん》が出《で》ない。なにせ、試《ため》したときは条件《じょうけん》が厳《きび》しくコントロールされた実験室《じっけんしつ》の中《なか》だった。今《いま》は、明《あき》らかに条件《じょうけん》不安定《ふあんてい》だから、最終結果《さいしゅうけっか》は、もっと予測《よそく》しにくい。

テセウス　最終結果《さいしゅうけっか》は我々《われわれ》が生《い》き残《のこ》るかどうかだろうな。

巨大《きょだい》な触手《しょくしゅ》が下《した》の暗《くら》がりから現《あらわ》れる。ニュートはじっと動《うご》かない。テセウスとニュートは警戒《けいかい》して顔《かお》を見合《みあ》わせる。ニュートはそろそろと振《ふ》り返《かえ》って触手《しょくしゅ》を見《み》る。触手《しょくしゅ》は一瞬《いっしゅん》ニュートを観察《かんさつ》する。そのときテセウスの隣《となり》の独房《どくぼう》のランプの明《あ》かりがプツンプツンと音《おと》を立《た》てて消《き》える。

触手《しょくしゅ》は穴《あな》に引《ひ》っ込《こ》むが、サソリのような巨大《きょだい》な尾《お》が今《いま》や暗《くら》くなった独房《どくぼう》に突《つ》っ込《こ》み、中《なか》から繭《まゆ》のようにぐるぐる巻《ま》きになった死体《したい》を引《ひ》っ張《ぱ》り出《だ》して下《した》の穴《あな》に引《ひ》きずり込《こ》む。

（間《ま》）

そして――

死体《したい》が下《した》の暗《くら》がりから投《な》げ返《かえ》され、二人《ふたり》のすぐそばにぐちゃりと落《お》ちる。ニュートがランタンを上《あ》げて見《み》ると、腹《はら》を裂《さ》かれている。赤《あか》ん坊《ぼう》マンティコアたちがその餌《えさ》に群《むら》がる。ニュートはその隙《すき》に独房《どくぼう》に入《はい》り込《こ》み、テセウスの足首《あしくび》を縛《しば》っている糸《いと》のようなものを切《き》る。

ニュートが最後《さいご》の一本《ぽん》を切《き》り離《はな》すと、テセウスが地面《じめん》に落《お》ちる。

テセウス　よくやった。

兄弟《きょうだい》が独房《どくぼう》の外《そと》に出《で》ると、マンティコアたちがまたしても海《うみ》のように群《むら》がり、二人《ふたり》の行《ゆ》く手《て》を阻《はば》んでいる。

テセウス　それで、作戦《さくせん》は？

ニュート　これ、持《も》ってて。

ニュートがランタンをテセウスに渡《わた》し、両手《りょうて》をラッパのようにして、ヨタカの鳴《な》き声《ごえ》のような奇妙《きみょう》な口笛《くちぶえ》を吹《ふ》く。

シーン57　**屋内《おくない》　アークスターク牢獄《ろうごく》——同《おな》じ時《とき》——夜《よる》**

牢番《ろうばん》が両足《りょうあし》をデスクに上《あ》げて、鼾《いびき》をかいて寝《ね》ている。ピケットが自分《じぶん》の入《はい》っている整理棚《せいりだな》の錠《じょう》前《まえ》を外《はず》して戸《と》を開《あ》ける。

シーン58　屋内《おくない》　アークスターク牢獄《ろうごく》——同《おな》じ時《とき》——夜《よる》

テセウス　一体全体《いったいぜんたい》、それは何《なん》のまねだ?

ニュート　僕《ぼく》たち、助《たす》けが必要《ひつよう》だから。

ニュートはすぐさま、バレエのような大脳辺縁系擬態《だいのうへんえんけいぎたい》のポーズをとる。赤《あか》ん坊《ぼう》マンティコアたちがすぐそれをまねる。

ニュート　僕《ぼく》のやる通《とお》りにして。

(間《ま》)

さあ。

テセウスは同《おな》じ姿勢《しせい》を取《と》り、ニュートとテセウスはカニ歩《ある》きでその場《ば》を離《はな》れる。

ニュート　それじゃあちゃんと揺《ゆ》れてない。ユーラユラと、デリケートに。

テセウス　お前《まえ》と同《おな》じように揺《ゆ》れているよ、ニュート。

ニュート　そうは見《み》えないな。

二人《ふたり》の間《あいだ》の独房入口《どくぼういりぐち》のランプがもう一つ消《き》える。尾《お》が伸《の》びてきて、もう一つ死体《したい》を持《も》っていく。

一瞬《いっしゅん》の後《あと》、その死体《したい》が二人《ふたり》の足元《あしもと》にぽいと捨《す》てられる。テセウスとニュートが顔《かお》を見合《みあ》わせる。

テセウス　ユーラユラ。

シーン59　**屋内《おくない》　大広間《おおひろま》――ドイツ魔法省《まほうしょう》――夜《よる》**

クイニーが黙《だま》って座《すわ》っている。涙《なみだ》が一滴《ひとしずく》クイニーの目《め》から、テーブルの誰《だれ》にも見《み》えないほうの頬《ほほ》に流《なが》れ落《お》ちる。

広間《ひろま》の向《む》こうから、ジェイコブがじっとクイニーを見《み》ている。カメラは二人《ふたり》に固定《こてい》。二人《ふたり》だけの世界《せかい》。周《まわ》りの世界《せかい》は無関係《むかんけい》で、消《き》えていく。そして……

グリンデルバルド　あいつのそばに行《い》け。

クイニーがびっくりする。グリンデルバルドがすぐそばで身《み》を屈《かが》めている。グリンデルバルドがクイニーの肩越《かたご》しに、入口近《いりぐちちか》くをうろうろしているクリーデンスのほうを見《み》て頷《うなず》く。クイニーが立《た》ち上《あ》がり……

グリンデルバルド　クイニー、あいつに心配《しんぱい》するなと言《い》え。失敗《しっぱい》したらしいが、まだチャンスはある。私《わたし》には、彼《かれ》の忠誠心《ちゅうせいしん》が大切《たいせつ》なのだ。

グリンデルバルドの目《め》はクイニーをじっと見《み》ている。クイニーは頷《うなず》き、彼《かれ》から離《はな》れて歩《ある》き出《だ》す。

新《あたら》しいアングル――ラリーにカメラを向《む》ける

ラリーは広間《ひろま》を歩《ある》いてくるクイニーを見《み》ている。ジェイコブは、彼女《かのじょ》が通《とお》り過《す》ぎるときに立《た》ち上《あ》がるが、クイニーは心《こころ》を鬼《おに》にして――今《いま》やそれが難《むずか》しいのが見《み》て取《と》れるが――ジェイコブを無《む》視《し》する。ジェイコブは打《う》ちひしがれて、また座《すわ》る。

ラリーがグリンデルバルドのほうを見《み》る。ロジエールが暗《くら》い目《め》をしたウェイターと一緒《いっしょ》に広間《ひろま》に入《はい》ってきて、何《なに》かをささやく。暗《くら》い目《め》のウェイターはいったん立《た》ち止《ど》まって、それからサントスのテーブルのほうに行《い》く。

ラリーは、ルビー色《いろ》の飲《の》み物《もの》のグラスを持《も》って広間《ひろま》を歩《ある》いていく暗《くら》い目《め》のウェイターの跡《あと》を目《め》で追《お》い始《はじ》める。ナプキンを放《ほう》り出《だ》し、席《せき》を立《た》ちながら、ラリーはジェイコブを振《ふ》り向《む》く。

ラリー　ここにじっとしていて。

ジェイコブはワインをもう一杯《いっぱい》ひっかける。

ラリーはウェイターたちを押《お》しのけ、片付《かたづ》け役《やく》のボーイたちの間《あいだ》を縫《ぬ》って進《すす》む。

ラリー　（一人《ひとり》のウェイターが持《も》ったワインをひっくりかえしかけて）ごめん。

ラリーは、暗《くら》い目《め》をしたウェイターがサントスにより近《ちか》づいていくのを見《み》る……

……暗《くら》い目《め》をしたウェイターが、サントスのほうに屈《かが》みこんで、ワインの入《はい》ったグラスを置《お》く。

ラリーが近《ちか》づくが、二人《ふたり》のボディガードに阻《はば》まれる。

ジェイコブ　よーし……

ジェイコブは揺《ゆ》れる船上《せんじょう》の船客《せんきゃく》のように、よろよろとグリンデルバルドのテーブルに近《ちか》づく。

サントスがグラスを手《て》に取《と》ると、ルビー色《いろ》の赤《あか》い液体《えきたい》が、怪《あや》しく空中《くうちゅう》に昇《のぼ》る。ラリーがグラスの液体《えきたい》に、こっそり呪文《じゅもん》を送《おく》る。サントスのグラスの上《うえ》に浮《う》かんだ液体《えきたい》が貴賓席《きひんせき》の上《うえ》を飛《と》び、ドアに当《あ》たり、木《き》のドアが腐《くさ》る。

ジェイコブがグリンデルバルドのテーブルにやってくる。グリンデルバルドは、そのときやっとジェイコブに気《き》が付《つ》き、穏《おだ》やかにジェイコブを見《み》る。

ジェイコブ　彼女《かのじょ》を返《かえ》せ。

グリンデルバルド　え？

ジェイコブが杖《つえ》を抜《ぬ》く。

ノルウェーの魔法大臣《まほうだいじん》　暗殺者《あんさつしゃ》だ！

ラリーが振《ふ》り向《む》いて、今《いま》や両手《りょうて》を上《あ》げているジェイコブを、信《しん》じられない面持《おもも》ちで見《み》る。

シューッ！　ラリーがまた杖《つえ》を振《ふ》り、ジェイコブの杖《つえ》を持《も》った腕《うで》がまっすぐに上《うえ》に突《つ》き上《あ》げられる。竜巻《たつまき》のような渦《うず》が広間《ひろま》を襲《おそ》い、広間《ひろま》にあるものが、まるでブレンダーに投《な》げ込《こ》まれたかのように動《うご》く。

ラリーはすぐに次《つぎ》の呪文《じゅもん》を送《おく》り、ボディガードたちの靴《くつ》の紐《ひも》が絡《から》まるようにする。

シャンデリアが揺《ゆ》れ、壁《かべ》のカーテンが激《はげ》しく波《なみ》うち、テーブルクロスが前《まえ》に後《うし》ろに動《うご》き、ナプキンが鳩《はと》のように飛《と》び交《か》う中《なか》を、客《きゃく》たちが逃《に》げる。

誰《だれ》かの姿《すがた》が感《かん》じられる——見覚《みおぼ》えのあるぼやけた姿《すがた》——ずっと離《はな》れたところに。ジェイコブの目《め》が慣《な》れてきて焦点《しょうてん》が合《あ》うと、カメラもその姿《すがた》にフォーカスする。その姿《すがた》は……

クイニーだ。

クイニーもジェイコブと同《おな》じように、まだ騒《さわ》ぎのただ中《なか》にいて、ジェイコブを見《み》つめている。二人《ふたり》の目《め》がしっかりと合《あ》う……

……クイニーの姿《すがた》が、カーマに引《ひ》っ張《ぱ》られて視界《しかい》から消《き》え始《はじ》める。

ヘルムートと闇祓《やみばら》いたちが広間《ひろま》に入《はい》ってくる。

クイニーは消《き》える寸前《すんぜん》に自分《じぶん》の杖《つえ》を振《ふ》り、椅子《いす》をヘルムートのほうに飛《と》ばす。それが一時的《いちじてき》にジェイコブをヘルムートの目《め》から隠《かく》す。

ラリーが本《ほん》を取《と》り出《だ》して空中《くうちゅう》に放《ほう》り投《な》げる。シャンデリアをヘルムートと闇祓《やみばら》いたちの上《うえ》に落《お》とす。本《ほん》のページが滝《たき》のように流《なが》れ出《だ》して、階段状《かいだんじょう》になる。ジェイコブが振《ふ》り向《む》いて急《いそ》いでその階段《かいだん》を上《のぼ》る。ラリーは闇祓《やみばら》いたちに呪文《じゅもん》を投《な》げつけながら、ジェイコブの反対側《はんたいがわ》から急《いそ》いでページの階段《かいだん》を上《のぼ》る。

ヘルムートが火《ひ》のような呪文《じゅもん》を発《はっ》し、ラリーに向《む》かって急《いそ》いでいるジェイコブの足元《あしもと》の階段《かいだん》が燃《も》える。**シューッ！**　二人《ふたり》は本《ほん》に吸《す》い込《こ》まれる。

シーン60　屋内《おくない》　アークスターク牢獄《ろうごく》——同《おな》じ時《とき》——夜《よる》

牢番《ろうばん》が鼾《いびき》をかき、椅子《いす》が後《うし》ろに傾《かたむ》く。テディは——牢番《ろうばん》が首《くび》に締《し》めている光《ひか》るネクタイの端《はし》をしっかりくわえている——引《ひ》っ張《ぱ》られて前《まえ》に滑《すべ》る。小《ちい》さな両足《りょうあし》の肉球《にくきゅう》がデスクをこすってキーキー音《おと》を立《た》てる

上《うえ》のほうで、ピケットがニュートの杖《つえ》を取《と》り出《だ》そうとして、整理棚《せいりだな》の端《はし》でグラグラしながらバランスをとっている。

下《した》では牢番《ろうばん》が目《め》を覚《さ》まし、椅子《いす》が元《もと》の位置《いち》に戻《もど》りかける。そして……

テディに引《ひ》っ張《ば》られて、ネクタイの結《むす》び目《め》がとうとうほどけ、椅子《いす》がまた後《うし》ろに倒《たお》れる。牢番《ろうばん》は切《き》られた木《き》が倒《たお》れるように整理棚《せいりだな》に強《つよ》くぶつかって、ピケットがはずみで棚《たな》から放《ほう》り出《だ》される。

テディは宙《ちゅう》に放《ほう》り上《あ》げられ、空中《くうちゅう》で、地上《ちじょう》に落《お》ちてくるピケットとすれ違《ちが》うが、まったくおかまいなしで、上《うえ》から落《お》ちてくるコインに夢中《むちゅう》。自分《じぶん》が下《した》に落《お》ちる前《まえ》に、落《お》ちてくるコインを何枚《なんまい》もつかみ取《と》る。

口笛《くちぶえ》がまた鳴《な》り響《ひび》く。

シーン61

屋内《おくない》　独房棟《どくぼうとう》――アークスターク牢獄《ろうごく》――
同《おな》じ時《とき》――夜《よる》

ニュートの持《も》つランプの明《あ》かりが明滅《めいめつ》する。突然《とつぜん》クシャッという音《おと》がして、テセウスが立《た》ち止《ど》まる。

赤《あか》ん坊《ぼう》マンティコアたちが突然《とつぜん》、動《うご》きを止《と》めて二人《ふたり》を見《み》つめる。テセウスが下《した》を見《み》て、慎重《しんちょう》にゆっくり右足《みぎあし》を上《あ》げると、その下《した》に、赤《あか》ん坊《ぼう》マンティコアが一匹《びき》、踏《ふ》みつぶされている。

テセウスがニュートを見《み》る。

その瞬間《しゅんかん》、テセウスのランプが急《きゅう》にプツンプツンと消《き》え、二人《ふたり》は暗闇《くらやみ》に取《と》り残《のこ》される。赤《あか》ん坊《ぼう》マンティコアたちが逃《に》げていく。

巨大《きょだい》な尾《お》が伸《の》び上《あ》がってきて、鎌首《かまくび》のように後《うし》ろに引《ひ》いて攻撃《こうげき》の姿勢《しせい》をとる。

兄弟《きょうだい》が一体《いったい》となって跳《と》び出《だ》し、尾《お》は二人《ふたり》のすぐ近《ちか》くの独房《どくぼう》の壁《かべ》を強打《きょうだ》する。

ニュートとテセウスは全速力《ぜんそくりょく》で通路《つうろ》を走《はし》るが、マンティコアの尾《お》と触手《しょくしゅ》が鞭《むち》のように襲《おそ》いかかり、のたくり、打《う》ち壊《こわ》し、二人《ふたり》の背後《はいご》から火《ひ》の玉《たま》を投《な》げつけてくる。そのすぐ後《うし》ろから割《わ》れ目《め》を押《お》し開《ひら》き、巨大《きょだい》なマンティコアそのものが追《お》ってくる。

テセウスが右《みぎ》にまわりこみ、危《あぶ》ない岩棚《いわだな》の淵《ふち》に沿《そ》って走《はし》る。怪物《かいぶつ》はテセウスに向《む》かって残忍《ざんにん》に襲《おそ》いかかり、目《め》も、触手《しょくしゅ》も手足《てあし》も、テセウスに打《う》ちかかる。テセウスは怪物《かいぶつ》にあわや串刺《くしざ》しにされる寸前《すんぜん》に、左《ひだり》に倒《たお》れる。

ニュートとテセウスがまた一緒《いっしょ》になって走《はし》る。背後《はいご》で天井《てんじょう》が崩《くず》れ、巨大《きょだい》なマンティコアは閉《と》じ込《こ》められる。

テセウスがほっと安堵《あんど》したとたん、マンティコアの触手《しょくしゅ》がテセウスの腰《こし》に巻《ま》き付《つ》き、引《ひ》っ張《ぱ》っていく。ニュートが必死《ひっし》に追《お》い、テセウスの体《からだ》をつかむ。

二人《ふたり》に向《む》かって駆《か》けてくるのは、テディだ——テセウスのネクタイをしっかりくわえているテディと、その上《うえ》にカウボーイのようにまたがっているピケット——ニュートの杖《つえ》を抱《かか》えている。牢番《ろうばん》が二匹《ひき》の後《うし》ろから、呪文《じゅもん》を飛《と》ばしながら追《お》ってくる。呪文《じゅもん》がテディに当《あ》たり、ピケットはニュートの杖《つえ》を持《も》ったまま前方《ぜんぽう》に放《ほう》り出《だ》される。

巨大《きょだい》なマンティコアに、棲《す》み家《か》の竪穴《たてあな》の縁《ふち》に引《ひ》っ張《ぱ》り込《こ》まれようとするテセウスを、ニュートが必死《ひっし》につかんでいる。ピケットが杖《つえ》と一緒《いっしょ》にニュートの足元《あしもと》に着地《ちゃくち》する。

ニュートがピケットを見《み》て、杖《つえ》を取《と》る。ピケットは素早《すばや》くニュートにつかまる。ニュートがテディに呪文《じゅもん》をかける……

ニュート　アクシオ！

……テディは宙《ちゅう》に浮《う》き、ニュートたちのほうに転《ころ》げてくる。

ニュート　ネクタイをつかめ！

みんなが竪穴《たてあな》を転《ころ》がり落《お》ち始《はじ》める。

……そしてみんなが消《き》える。

牢番《ろうばん》は一人笑《ひとりわら》いをする。そのとき、手《て》にしたランプがちらついたと思《おも》うと、消《き》える。牢番《ろうばん》はハッとして真《ま》っ暗《くら》な闇《やみ》を見《み》つめる。

シーン62　屋外《おくがい》　樹木《じゅもく》の繁《しげ》る場所《ばしょ》――続《つづ》き――翌朝《よくあさ》

ニュートとテセウスは、灌木《かんぼく》にぶつかりながら落《お》ち、苔《こけ》むした地面《じめん》にドスンと着地《ちゃくち》する。二人《ふたり》は体《からだ》じゅう木《こ》の葉《は》だらけになって立《た》ち上《あ》がる。まだ手《て》をつないだままだ。

テセウスはマンティコアの触手《しょくしゅ》を腰《こし》から払《はら》いのける。触手《しょくしゅ》はずるずると湖《みずうみ》のほうに滑《すべ》っていく。

ニュート　ネクタイがポートキーだった。

テセウスが、まだネクタイをくわえているテディを、ニュートに渡《わた》す。

テセウス　ああ。

ニュート　（ピケットとテディに）お前《まえ》たち、よくやったぞ。

ニュートとテセウスが木立《こだち》から出《で》て、光《ひか》る湖《みずうみ》の向《む》こうを眺《なが》める。そこに城《しろ》がそびえている。
テディとピケットがニュートのポケットから顔《かお》を覗《のぞ》かせる。ピケットが嬉《うれ》しそうな声《こえ》をあげる。

ホグワーツだ。

城《しろ》の上空《じょうくう》で、クィディッチの選手《せんしゅ》が一人《ひとり》、金色《きんいろ》のスニッチを追《お》っている。

シーン63　屋内《おくない》　大広間《おおひろま》――ホグワーツ――直後《ちょくご》――朝《あさ》

ラリーが、朝食《ちょうしょく》を終《お》えようとしている生徒《せいと》たちと一緒《いっしょ》のテーブルにいる。

ラリー　二人《ふたり》とも私《わたし》に聞《き》かなかったけど、私《わたし》は呪文学《じゅもんがく》を強《つよ》く勧《すす》めるわ。

ニュートとテセウスが入《はい》ってくる。

ニュート　ラリー。
ラリー　遅《おそ》かったわね。
ニュート　ちょっと面倒《めんどう》があってね。あなたは？
ラリー　こちらもちょっと面倒《めんどう》があったの。

ラリーがニュートに、「日刊予言者新聞《にっかんよげんしゃしんぶん》」を渡《わた》す。テセウスがニュートの肩越《かたご》しに覗《のぞ》き込《こ》む。一面記事《いちめんきじ》に、グリンデルバルドとジェイコブの写真《しゃしん》があり、その上《うえ》の大見出《おおみだ》しにでかでかと――

殺《ころ》し屋《や》マグル！

テセウス　ジェイコブがグリンデルバルドを殺《ころ》そうとした？

ラリー　まあ、話《はな》せば……長《なが》くなるわ。

ジェイコブは、寮《りょう》のテーブルの一つに、何人《なんにん》かの生徒《せいと》たちと座《すわ》っている。自分《じぶん》の杖《つえ》を見《み》せている。

赤毛《あかげ》のレイブンクロー生《せい》　本物《ほんもの》のスネークウッドなの？

ジェイコブ　正真正銘《しょうしんしょうめい》、スネークウッド。

小《ちい》さな二年生《ねんせい》の魔女《まじょ》が身《み》を乗《の》り出《だ》す。

小《ちい》さな魔女《まじょ》　見《み》ていい？

小《ちい》さな魔女《まじょ》が杖《つえ》に手《て》を伸《の》ばす。

ジェイコブ　ダーメ。危険《きけん》なんだ——強力《きょうりょく》だから。珍《めずら》しい杖《つえ》で、悪者《わるもの》の手《て》に渡《わた》ったら——わかるだろ、大《おお》ごとだ。

小《ちい》さな魔女《まじょ》　どこで手《て》に入《い》れたの？

ジェイコブ　クリスマス・プレゼント。

ラリー　（声《こえ》のみ）ジェイコブ、やっと来《き》たわよ。

ジェイコブが振《ふ》り返《かえ》ると、ラリー、ニュート、テセウスがいる。

ジェイコブ　やあ！　俺《おれ》の魔《ま》法《ほう》使《つか》い仲間《なかま》だよ。（生徒《せいと》たちに）ニュートとテセウスだ。俺《おれ》たちこんな仲《なか》なんだ。

ジェイコブは中指《なかゆび》と人差《ひとさ》し指《ゆび》をくっつけ、親指《おやゆび》だけ離《はな》して手《て》を突《つ》き出《だ》す。

ジェイコブ　俺《おれ》ははぐれ者《もの》さ。俺《おれ》、行《い》かなくちゃ。じゃあな、楽《たの》しんで。悪《わる》さするなよ。

ジェイコブとほかの三人《にん》が一緒《いっしょ》になる。

ジェイコブ　ここ、すごいぞ。ちびっこ魔女《まじょ》や魔法使《まほうつか》いがいっぱいだ。
テセウス　ウーム、そりゃ驚《おどろ》いた。
ジェイコブ　（ニュートに）俺《おれ》、「殺《ころ》し屋《や》」だとさ。
ラリー　ニュートとテセウスもホグワーツ出身《しゅっしん》よ。
ジェイコブ　ああ、知《し》ってる。うん、みんな親切《しんせつ》だ。あそこのスリザリンの男《おとこ》の子《こ》たちがこれをくれた。うまいよ。一つ食《く》うか？

ジェイコブはポケットから一袋《ふくろ》取《と》り出《だ》して、黒《くろ》い塊《かたまり》を口《くち》に入《い》れ、みんなに勧《すす》める。

ニュート　僕《ぼく》、ゴキブリ菓子《がし》は好《す》きじゃないんだ。ハニーデュークス店《てん》のは一番《いちばん》いいっていうけど。

ジェイコブが青《あお》くなると、スリザリンのテーブルからわっと笑《わら》い声《ごえ》があがる。スリザリン生《せい》たちは大広間《おおひろま》の出口《でぐち》のほうに進《すす》み、ほかの生徒《せいと》たちはマクゴナガルに促《うなが》されて大広間《おおひろま》を出《で》ていく。

ダンブルドアがやってくる。

テセウス　マクゴナガル、アルバス。

ダンブルドア　よくやった。みんな、よくやった。おめでとう。

テセウス　おめでとう？

ダンブルドア　そうとも。ヒックス先生《せんせい》は暗殺《あんさつ》を見事《みごと》に阻止《そし》したし、みんな生《い》きているし、元《げん》気《き》だ。何《なに》もかも作戦通《さくせんどお》りにいかなかった、ということが作戦《さくせん》だった。不意打《ふいう》ちの基本《きほん》。

ラリー　アルバス、失礼《しつれい》ですが、振出《ふりだ》しに戻《もど》ったのでは？

テセウス　実《じつ》は、以前《いぜん》より悪化《あっか》している。

ダンブルドア　（ラリーに）まだみんなに話《はな》していないのかね？

テセウスとニュートがラリーを見《み》る。

ラリー　グリンデルバルドが立候補《りっこうほ》を認《みと》められたの。

テセウス／ニュート　ええっ！　どうして？

ダンブルドア　フォーゲルが、正《ただ》しい道《みち》より楽《らく》な道《みち》を選《えら》んだからだ。

ダンブルドアが杖《つえ》を空中《くうちゅう》で動《うご》かし、街頭《がいとう》アーティストのように、手描《てが》きで山《やま》と谷《たに》のイメージをエッチングする。煙《けむり》の中《なか》からみんなの周《まわ》りに現《あらわ》れたイメージは、立体的《りったいてき》になり、ゆっくりと美《うつく》しい風景《ふうけい》に変《か》わっていく。みんなが感《かん》じ入《い》って見《み》つめる。

ジェイコブが自分《じぶん》のいる場所《ばしょ》がわからなくなって、あたりを見《み》まわす。

テセウス　大丈夫《だいじょうぶ》だよ。

ニュート　ブータン。

ダンブルドア　正解《せいかい》。ハッフルパフに3点《てん》。ブータン王国《おうこく》はヒマラヤ山脈《さんみゃく》の東部《とうぶ》にある。言葉《ことば》に表《あらわ》せないほど美《うつく》しいところだ。我々《われわれ》の知《し》っている重要《じゅうよう》な魔法《まほう》のいくつかは、ここで生《う》まれた。耳《みみ》を澄《す》ませば過去《かこ》が語《かた》りかけてくる、といわれる。そして、選挙《せんきょ》はここで行《おこな》われる。

大広間《おおひろま》の天井《てんじょう》から雲《くも》がわく。雲間《くもま》に寺院《じいん》が見《み》え隠《かく》れする。

テセウス　まさか奴《やつ》が勝《か》ったりはしないでしょう？

ダンブルドア　つい先日《せんじつ》まで逃亡犯《とうぼうはん》だった彼《かれ》が、今《いま》や国際魔法使《こくさいまほうつか》い連盟《れんめい》、ＩＣＷの正式《せいしき》な候補《こうほ》者《しゃ》だ。危険《きけん》な時代《じだい》は危険《きけん》な者《もの》を好《この》む。

ダンブルドアが大広間《おおひろま》の出口《でぐち》のほうに戻《もど》り始《はじ》める。その背後《はいご》で、ブータンのイメージが消《き》えて煙《けむり》になっていく。

みんながダンブルドアの後《うし》ろ姿《すがた》を見《み》つめる。

ダンブルドア　ところで、今夜《こんや》は村《むら》の弟《おとうと》のところで夕食《ゆうしょく》だ。その前《まえ》に何《なに》か必要《ひつよう》なら、ミネルバに言《い》ってくれ。

ダンブルドアが去《さ》ると、ラリーが体《からだ》を屈《かが》めて、こっそり言《い》う。

ラリー　ダンブルドアに弟《おとうと》がいた？

シーン64　屋《お》内《ない》　ホッグズ・ヘッド――後《ご》刻《こく》――夜《よる》

アバーフォースが、キリンの前《まえ》にミルクの入《はい》った皿《さら》を置《お》く。キリンはたちまち元《げん》気《き》になって、嬉《うれ》しそうな声《こえ》をあげて皿《さら》に屈《かが》み込《こ》み、ミルクをなめる。バンティがその様《よう》子《す》を眺《なが》めている。

そのとき、入口《いりぐち》のドアがガタガタ音《おと》を立《た》て、一陣《いちじん》の風《かぜ》とちらつく雪《ゆき》がパブに流《なが》れ込《こ》む。人声《ひとごえ》と足踏《あしぶ》みするブーツの音《おと》に続《つづ》いて、ダンブルドア、ニュート、テセウス、ラリー、ジェイコブが入《はい》ってくる。

ニュート　バンティ！　ここにいたの！
バンティ　ええ。
ニュート　キリンはどう？
バンティ　元気《げんき》ですよ。

ニフラーが一匹走《ぴきはし》ってきたので、ニュートが屈《かが》み込《こ》む。

ニュート　はいはい、アルフィ、今度《こんど》は何《なに》をしたんだ？　またティモシーのお尻《しり》をかじったりしてないだろうな？
ダンブルドア　ブロードエーカーさん、弟《おとうと》は丁重《ていちょう》におもてなししたでしょうね。
バンティ　ええ、とてもご親切《しんせつ》に。

ダンブルドアは弟《おとうと》をちらりと見《み》る。

ダンブルドア　それは良《よ》かった。さてと、泊《と》まるところは村《むら》に用意《ようい》してあるし、このアバーフォースがおいしい夕食《ゆうしょく》を作《つく》ってくれる。彼《かれ》の得意料理《とくいりょうり》だ。

カット　画面切《がめんき》り替《か》え

シーン65　屋内《おくない》　ホッグズ・ヘッド――後刻《ごこく》――夜《よる》

ポチャ！　――ギトギトした深鍋《ふかなべ》を手《て》に持《も》ったアバーフォースが、長《なが》テーブルについたみんなの前《まえ》の縁《ふち》の欠《か》けた深皿《ふかざら》に、ドロッとした灰色《はいいろ》のシチューを取《と》り分《わ》けている。

アバーフォース　欲《ほ》しけりゃ、おかわりもある。

みんなが気《き》持《も》ち悪《わる》そうに深皿《ふかざら》を見《み》る。アバーフォースが階段《かいだん》のほうに行《い》く。

バンティ　どうもありがとう。どうも。

アバーフォースが立《た》ち止《ど》まって、笑顔《えがお》のバンティを不機嫌《ふきげん》な顔《かお》で見下《みお》ろす。それからちょっと頷《うなず》いて、階段《かいだん》を上《のぼ》る。

テセウス　驚《おどろ》いた……見《み》た目《め》がこんなにまずそうなのに、こんなにうまいものは初《はじ》めてだ。

キリンが嬉《うれ》しそうに啼《な》く。みんながスプーンを取《と》って食《た》べ始《はじ》める。

ジェイコブ　このちっこいのはなんだ……あ、やめてくれる？

ニュートがキリンとシチューを争《あらそ》っているジェイコブを見《み》る。

ニュート　この娘《こ》はキリンだよ、ジェイコブ。とても貴重《きちょう》なんだ。魔法界《まほうかい》では最高《さいこう》に愛《あい》されている動物《どうぶつ》の一つだよ。

ジェイコブ　なんでだ？
ニュート　魂《たましい》を見抜《みぬ》く力《ちから》があるからだよ。
ジェイコブ　おい、冗談《じょうだん》だろ。
ニュート　（かぶりを振《ふ》って）いや、善良《ぜんりょう》で立派《りっぱ》な魂《たましい》ならそれを見抜《みぬ》くし、逆《ぎゃく》に残酷《ざんこく》でずる賢《がしこ》い魂《たましい》の持《も》ち主《ぬし》も見抜《みぬ》く。
ジェイコブ　そうなのか？　それで、どっちかだと言《い》って教《おし》えてくれんの？　それとも……？
ニュート　そう言《い》ってくれるわけじゃなくて――
ラリー　この娘《こ》はお辞儀《じぎ》をするの。でも、本当《ほんとう》に純粋《じゅんすい》な魂《たましい》の持《も》ち主《ぬし》の前《まえ》だけでね。

ジェイコブはすっかり感心《かんしん》してラリーを見《み》る。

ラリー　もちろんそんな人《ひと》はめったにいない。どんなに善人《ぜんにん》になろうと努力《どりょく》してもね。ずいぶん昔《むかし》のことだけど、キリンが指導者《しどうしゃ》を選《えら》んでいたことがあったの。

ジェイコブは自分《じぶん》の深皿《ふかざら》を取《と》り上《あ》げて、キリンのミルク皿《さら》の近《ちか》くに行《い》く。キリンはジェイコブの周《まわ》りを飛《と》び跳《は》ねる。ジェイコブがシチューを少《すこ》しキリンの皿《さら》に取《と》り分《わ》ける。

ニュートがそんな様子《ようす》を楽《たの》しんで微笑《ほほえ》む。そのとき、鏡《かがみ》に目《め》が行《い》く。言葉《ことば》が一文字《ひともじ》ずつ現《あらわ》れる。

家《いえ》に帰《かえ》りたい

シーン66

屋内《おくない》　二階《かい》の部屋《へや》――ホッグズ・ヘッド――直後《ちょくご》――夜《よる》

部屋《へや》の中《なか》で、ダンブルドアとアバーフォースが向《む》かい合《あ》って座《すわ》っている。声《こえ》は低《ひく》いが、姿勢《しせい》から見《み》て、深刻《しんこく》な話《はなし》だとわかる。

ダンブルドア　一緒《いっしょ》に来《こ》い。力《ちから》になるよ。アバーフォース、彼《かれ》はお前《まえ》の息子《むすこ》だ。お前《まえ》が必要《ひつよう》なんだ。

ニュートの主観《しゅかん》ショット。ニュートは踵《きびす》を返《かえ》しかけるが、そのとき、アバーフォースの手《て》にあるものに気《き》が付《つ》く。羽根《はね》だ。灰《はい》だらけの羽根《はね》でアバーフォースの指《ゆび》が、黒《くろ》くなっている。不死鳥《ふしちょう》の羽根《はね》だ。

ニュートがドアをノックする。

ダンブルドア　（声《こえ》のみ）ニュートか。

アバーフォースは無言《むごん》でニュートとすれ違《ちが》う。不死鳥《ふしちょう》の羽根《はね》を握《にぎ》ったままだ。

ダンブルドア　（ニュートに）お入《はい》り。

ニュートが部屋《へや》に入《はい》る。

ニュート　アルバス。下《した》の階《かい》の鏡《かがみ》にメッセージが。

ダンブルドア　ドアを閉《し》めて。

ニュートがドアを閉《し》めて、ダンブルドアのほうを向《む》く。

ダンブルドア　ニュート、それはクリーデンスからのものだ。私《わたし》とゲラートが恋《こい》に落《お》ちた夏《なつ》、弟《おとうと》も恋《こい》に落《お》ちていた。ゴドリックの谷《たに》の娘《むすめ》だった。彼女《かのじょ》は遠《とお》くにやられたが、噂《うわさ》がたったんだ。子《こ》どものことで。

ニュート　クリーデンス？

ダンブルドア　彼《かれ》はダンブルドアだ。私《わたし》がアバーフォースともっと親《した》しかったら……もっとよい兄《あに》だったら、弟《おとうと》は私《わたし》に打《う》ち明《あ》けていたかもしれない。何《なに》もかも違《ちが》っていただろう。あの子《こ》は我々《われわれ》と暮《く》らしたかもしれない。家族《かぞく》の一人《ひとり》として。

（間《ま》）

クリーデンスはもう救《すく》えない。君《きみ》にはそれがわかっているはずだ。しかし、彼《かれ》はまだ、我々《われわれ》を救《すく》えるかもしれない。

ニュートが何《なに》か言《い》おうとするのを、ダンブルドアが手《て》で遮《さえぎ》る。その指《ゆび》が煤《すす》で汚《よご》れている。

ダンブルドア　不死鳥《ふしちょう》の灰《はい》だ。彼《かれ》の死《し》が近《ちか》いから、不死鳥《ふしちょう》が彼《かれ》のところに来《き》た。ニュート、私《わたし》にはそのしるしがわかるのだ。

（ニュートから目《め》を逸《そ》らす）そう、妹《いもうと》はオブスキュラスを生《う》むものだった。

ニュートは驚《おどろ》いてダンブルドアを見《み》つめる。

ダンブルドア　そしてクリーデンスと同《おな》じく、妹《いもうと》は自分《じぶん》の魔法力《まほうりょく》をどう表《あらわ》すかを学《まな》んだことがなかった。やがてその魔法力《まほうりょく》が暗《くら》いものに育《そだ》ち、妹《いもうと》を蝕《むしば》んだ。

ダンブルドアは肖像画《しょうぞうが》を見《み》る。

ダンブルドア　最悪《さいあく》なのは、家族《かぞく》のだれも妹《いもうと》の苦《くる》しみを癒《い》やせなかったことだ。
ニュート　お聞《き》きしてもよいですか？　――妹《いもうと》さんの最期《さいご》がどうだったのか。
ダンブルドア　ゲラートとわたしは、一緒《いっしょ》に家《いえ》を出《で》るつもりだった。弟《おとうと》は承知《しょうち》しなかった。ある晩《ばん》、弟《おとうと》が我々《われわれ》を責《せ》めた。罵《ののし》りあい、怒《ど》鳴《な》りあった。アバーフォースが愚《おろ》かにも杖《つえ》を抜《ぬ》いた。もっと愚《おろ》かにも、私《わたし》も同《おな》じことをした。ゲラートはただ笑《わら》っていた。アリアナが階段《かいだん》を下《お》りてくる音《おと》に誰《だれ》も気《き》が付《つ》かなかった。

肖像画《しょうぞうが》を見《み》つめるダンブルドアの目《め》が涙《なみだ》で光《ひか》る。

ダンブルドア　私《わたし》の呪文《じゅもん》だったのかどうかわからない。誰《だれ》の呪文《じゅもん》でも同《おな》じことだ。妹《いもうと》はそこにいた。そして次《つぎ》の瞬間《しゅんかん》、いなくなった……。

ダンブルドアの声《こえ》がかすれて消《き》える。

ニュート　おつらかったでしょう、アルバス。慰《なぐさ》めになるかどうか、多分《たぶん》、妹《いもうと》さんは苦《くる》

ダンブルドア　しみから解放《かいほう》されて……

やめてくれ。ニュート、私《わたし》を失望《しつぼう》させるな。君《きみ》だけは。君《きみ》の取《と》り柄《え》は正直《しょうじき》さだ。

たとえそれが酷《こく》なときでも。

ダンブルドアがもう一度《いちど》肖像画《しょうぞうが》を見《み》つめるのを、ニュートはじっと見《み》る。

ダンブルドア　下《した》にいるみんなが、疲《つか》れて帰《かえ》りたがっているだろう。君《きみ》も行《い》ったほうがいい。

ニュートは退出《たいしゅつ》しかけるが、ドアの手前《てまえ》で止《と》まる。

ニュート　ラリーがさっき言《い》ったことですが、完全《かんぜん》な善人《ぜんにん》なんてめったにいない。でも、過《あやま》ちを犯《おか》しても、どんなひどいことをしても、やり直《なお》す努力《どりょく》はできる。大事《だいじ》なのは、その努力《どりょく》です。

ダンブルドアは振《ふ》り向《む》かずに、肖像画《しょうぞうが》を見《み》つめ続《つづ》けている。

シーン67　屋外《おくがい》　ヌルメンガード城《じょう》――夕方《ゆうがた》

城《しろ》の上《うえ》の濃《こ》い青《あお》ねず色《いろ》の空《そら》を、カメラが輪《わ》を描《えが》いて回《まわ》る。ずっと下《した》に、黒装束《くろしょうぞく》の一団《いちだん》が集《あつ》まっているのが見《み》える。グリンデルバルドとクリーデンスが、城《しろ》に向《む》かっている。集団《しゅうだん》が道《みち》を空《あ》ける。城《しろ》の入口《いりぐち》に到着《とうちゃく》したグリンデルバルドが振《ふ》り向《む》いて集団《しゅうだん》を見《み》まわす。

グリンデルバルド　兄弟姉妹《きょうだいしまい》たちよ、我々《われわれ》の時代《じだい》が近《ちか》い。隠《かく》れて暮《く》らす日々《ひび》は終《お》わる。世界《せかい》が我々《われわれ》の声《こえ》を聞《き》く。耳《みみ》をつんざくほどの声《こえ》を。

群衆《ぐんしゅう》から歓声《かんせい》があがる。グリンデルバルドはかすかに微笑《ほほえ》むが、すぐカーマに目《め》を移《うつ》す。カーマは声援《せいえん》を送《おく》るアコライトたちから離《はな》れて、斜《なな》め前《まえ》に立《た》っているが、支持者集団《しじしゃしゅうだん》の一部《いちぶ》でもあり、集団《しゅうだん》と離《はな》れているともいえる。グリンデルバルドはそのそばに行《い》き、両手《りょうて》でその顔《かお》を挟《はさ》んでカーマを驚《おどろ》かせる。

グリンデルバルド　君《きみ》がここに来《き》たのは、ダンブルドアへの裏切《うらぎ》りではない。純血《じゅんけつ》の心《こころ》が、君《きみ》の居場所《いばしょ》はここだと知《し》っている。私《わたし》を信《しん》じることは、自分自身《じぶんじしん》を信《しん》じることなのだ。

グリンデルバルドは、もう一度《いちど》カーマの目《め》をじっと覗《のぞ》き込《こ》み、それからカーマを連《つ》れて支持者《しじしゃ》たちのほうに行《い》き、軍団《ぐんだん》のような群《むれ》にカーマをやさしく押《お》し込《こ》む。

グリンデルバルド　カーマ君《くん》、忠誠心《ちゅうせいしん》を見《み》せてくれ。

グリンデルバルドはカーマをそこに残《のこ》して城《しろ》に戻《もど》る。

シーン68 屋内《おくない》　地下《ちか》――ヌルメンガード城《じょう》――直後《ちょくご》――夕方《ゆうがた》

ズーム――死《し》んだキリン

ぐったりしたキリンの頭《あたま》が、ぐらりと片方《かたほう》に傾《かたむ》き、首《くび》の切《き》り傷《きず》が見《み》える。

……水中《すいちゅう》。奇妙《きみょう》に揺《ゆ》れている水《みず》の表面《ひょうめん》を見上《みあ》げるショット。すべてが夢《ゆめ》の中《なか》のように不気味《ぶきみ》に静《しず》かだ。そして誰《だれ》かが現《あらわ》れる――水《みず》を通《とお》した姿《すがた》なので、はっきりとは見《み》えない――何《なに》かを抱《だ》いている。その誰《だれ》かが、両手《りょうて》を水《みず》に突《つ》っ込《こ》む。死《し》んだキリンの顔《かお》がこちらを向《む》くと、ずたずたの首筋《くびすじ》から血《ち》が流《なが》れ出《だ》す。

新《あたら》しいアングル――カメラがグリンデルバルドを映《うつ》し出《だ》す

プールに腰《こし》まで浸《つ》かって立《た》っている。シャツの袖《そで》を肘《ひじ》の上《うえ》までまくり上《あ》げて、何《なに》かつぶやきながら水中《すいちゅう》のキリンを支《ささ》えている。水《みず》が静《しず》かになるのを待《ま》ち、呪文《じゅもん》をささやく。

グリンデルバルド　リナベイト……蘇生《そせい》せよ。

クリーデンス、フォーゲル、ロジエールが物陰《ものかげ》から見《み》ている。

グリンデルバルドは、キリンの首《くび》を指《ゆび》でやさしく撫《な》で、傷口《きずぐち》をふさぐ。プールの水《みず》が泡立《あわだ》つ。キリンの頭《あたま》が水《みず》から出《で》て、甲高《かんだか》く啼《な》く。グリンデルバルドがキリンを水《みず》から上《あ》げる。

グリンデルバルド　ヴルネラ・サネントゥール……傷《きず》よ、癒《い》えよ……

その指先《ゆびさき》で傷《きず》が消《き》え、キリンは頭《あたま》をグリンデルバルドに向《む》ける。その目《め》は不気味《ぶきみ》に虚《うつ》ろだが、それ以外《いがい》は健康《けんこう》で無傷《むきず》に見《み》える。

グリンデルバルドは微笑《びしょう》して、キリンを撫《な》でる。

グリンデルバルド　よーしよし、よーしよし……
（振《ふ》り返《かえ》らずに）さあ、ここで見《み》ろ。

フォーゲルは目《め》を逸《そ》らし、その場《ば》を動《うご》かないが、クリーデンスは物陰《ものかげ》から出《で》て、プールの端《はし》に行《い》く。

グリンデルバルド　見《み》ての通《とお》り、我々《われわれ》は特別《とくべつ》なのだ。その力《ちから》を隠《かく》すのは、自《みずか》らをおとしめるだけでなく、罪深《つみぶか》いことだ。

グリンデルバルドはキリンをプールサイドに置《お》く。キリンはそこで立《た》つ。クリーデンスは魔法《まほう》で蘇生《そせい》したキリンをうっとりと見《み》る。クリーデンスの反応《はんのう》に満足《まんぞく》したグリンデルバルドは、キリンを振《ふ》り返《かえ》り……はたと動《うご》きを止《と》める。笑《え》みが消《き》える。自分《じぶん》のキリンと同《おな》じうっすらとした影《かげ》が、一瞬《いっしゅん》水《みず》に映《うつ》る。グリンデルバルドの目《め》が険《けわ》しくなる。

グリンデルバルド　もう一頭《とう》いたのか？
クリーデンス　もう一頭《とう》？
グリンデルバルド　あの夜《よる》。キリンはもう一頭《とう》いたのか？

暗《くら》がりの中《なか》で、フォーゲルが振《ふ》り返《かえ》り、プールを見《み》ると、グリンデルバルドの目《め》が怒《いか》りでひきつっている。クリーデンスは青《あお》ざめ、汗《あせ》ばんで、急《きゅう》に落《お》ち着《つ》きをなくしている。

クリーデンス　そんなはずは……

グリンデルバルドは恐《おそ》ろしいスピードでプールの水《みず》を投《な》げつけ、クリーデンスをプールサイドから壁《かべ》に押《お》しつける。そして水中《すいちゅう》から一瞬《いっしゅん》で「姿《すがた》あらわし」して、指《ゆび》をクリーデンスの喉《のど》と顔《かお》に這《は》わせる。その目《め》は怒《いか》りでギラギラしている。

グリンデルバルド　二度《ど》も失敗《しっぱい》したな！　お前《まえ》のせいで、私《わたし》が窮地《きゅうち》に陥《おちい》ったのがわかるか⁉

グリンデルバルドに押《お》さえつけられて、クリーデンスは怖《こわ》がる子《こ》どものように身《み》を固《かた》くして動《うご》かない。

グリンデルバルド　これが最後《さいご》のチャンスだ。わかったか？　見《み》つけろ。

シーン69　屋内《おくない》　ホッグズ・ヘッド――朝《あさ》

ニュートがカバンの中《なか》に入《はい》っている。

テセウスが赤《あか》ん坊《ぼう》を抱《だ》くようにキリンを抱《だ》いている。

テセウスがキリンをニュートに渡《わた》す。二人《ふたり》はまるで子《こ》どもを溺愛《できあい》する両親《りょうしん》のようだ。テセウスとバンティは、ニュートがキリンをそっとカバンの中《なか》に入《い》れるのを見《み》ている。

シーン70

屋外《おくがい》　ホグワーツ――同《おな》じ時《とき》――朝《あさ》

地上《ちじょう》に霧《きり》がかかっている。橋《はし》も城《しろ》も朝《あさ》の光《ひかり》で柔《やわ》らかく輝《かがや》いている。

シーン71

屋内《おくない》　八階《かい》の廊下《ろうか》――ホグワーツ――同《おな》じ時《とき》――朝《あさ》

カメラは、廊下《ろうか》の突《つ》き当《あ》たりの壁《かべ》に現《あらわ》れた装飾的《そうしょくてき》なドアに向《む》かって歩《ある》いていくラリー、ニュート、テセウス、ジェイコブを追《お》っていく。

シーン72　屋内《おくない》　必要《ひつよう》の部屋《へや》――直後《ちょくご》――朝《あさ》

ニュート、テセウス、ラリー、ジェイコブは、突然《とつぜん》、がらんとした部屋《へや》に現《あらわ》れる。

ジェイコブは完全《かんぜん》に混乱《こんらん》した様子《ようす》で、ニュートの視線《しせん》を追《お》い、部屋《へや》の隅《すみ》を見《み》る。カバンが五個《こ》――ニュートのものとまったく同《おな》じもの――円形《えんけい》に並《なら》べてある。その後《うし》ろにはブータンなどで祈《いの》りに使《つか》う巨大《きょだい》なマニ車《ぐるま》がある。バンティがカバンのそばに立《た》っている。

ジェイコブ　なあ、ニュート、ここはなんなんだ？

ニュート　「必要《ひつよう》の部屋《へや》」だよ。

ダンブルドアが現《あらわ》れる。

ダンブルドア　みんな、バンティからチケットを受《う》け取《と》っているだろうな？

みんなが頷《うなず》く。ジェイコブは、素直《すなお》に、自分《じぶん》のチケットをみんなに見《み》えるように高《たか》く上《あ》げる。

ダンブルドア　儀式《ぎしき》に参加《さんか》するにはそれが必要《ひつよう》だ。

ダンブルドアは、円形《えんけい》に置《お》かれたカバンをじっと見《み》ているニュートに気《き》が付《つ》く。

ダンブルドア　どうかね、ニュート？　どれが自分《じぶん》のか、わかるか？

ニュートはもう一度《いちど》よく見《み》て、首《くび》を横《よこ》に振《ふ》る。

ニュート　いいえ。

ダンブルドア　よし。わかったら困《こま》っただろうがね。

ラリー　この中《なか》のどれかにキリンがいるのでしょうね？

ダンブルドア　そうだ。

ラリー　じゃあ、どれがそう？

ダンブルドア　さあ、どれかな。

ジェイコブ　あ、スリー・カード・モンテみたいだ。(みんなが彼《かれ》を見《み》る)トランプ手品《てじな》だよ。どれが当《あ》たりカードかを当《あ》てるやつ。インチキだけど。(言《い》っても無駄《むだ》だとあきらめる)気《き》にしないで。マグルのゲームだから。

ダンブルドア　我々《われわれ》の側《がわ》にある貴重《きちょう》なお友達《ともだち》を奪《うば》うために、グリンデルバルドはあらゆる手《て》を使《つか》うだろう。だから、彼《かれ》が送《おく》り込《こ》む手下《てした》どもに、キリンの居場所《いばしょ》を知《し》られないようにするのが肝心《かんじん》だ。キリンを無事儀式《ぶじぎしき》に送《おく》り込《こ》むのだ。もしお茶《ちゃ》の時間《じかん》にキリンが——そして我々《われわれ》が——まだ生《い》きていたら、我々《われわれ》の努《ど》力《りょく》は成功《せいこう》したことになる。

ダンブルドアは帽子《ぼうし》をかぶり、マフラーを首《くび》に巻《ま》く。

ジェイコブ　念《ねん》のためだけど、スリー・カード・モンテで死《し》んだ奴《やつ》はいないよ。

ダンブルドア　重要《じゅうよう》な違《ちが》いだな。よし、みんなカバンを選《えら》んで、出発《しゅっぱつ》だ。コワルスキー君《くん》、君《きみ》は私《わたし》と一緒《いっしょ》に最初《さいしょ》に出《で》かけるんだ。

ジェイコブ　俺《おれ》？　オーケー……

ジェイコブが進《すす》み出《で》てカバンを選《えら》ぶが、ダンブルドアが咳払《せきばら》いして、ほとんどわからないくらいに首《くび》を横《よこ》に振《ふ》ったので、立《た》ち止《ど》まってそのカバンを下《お》ろし、別《べつ》なカバンを選《えら》んで指《ゆび》さす。ダンブルドアが頷《うなず》いてからそっぽを向《む》く。

ジェイコブがカバンを持《も》つ。頷《うなず》いて周《まわ》りを見《み》る。顔《かお》をしかめる。出口《でぐち》がない。

ダンブルドアの前《まえ》で、チベット仏教《ぶっきょう》の祈《いの》りのマニ車《ぐるま》が光《ひか》っている。ダンブルドアがそれに近《ちか》づいて触《ふ》れると、美《うつく》しい輝《かがや》きが部屋《へや》を満《み》たす。

ダンブルドア　スリー・カード・モンテについて、道々《みちみち》もう少《すこ》し詳《くわ》しく教《おし》えてもらうのが楽《たの》しみだ。

ダンブルドアがジェイコブを見《み》て手《て》を差《さ》し出《だ》す。

ジェイコブ　喜《よろこ》んで。

ジェイコブはその手《て》を取《と》る。マニ車《ぐるま》が急速《きゅうそく》にスピンして、二人《ふたり》はマニ車《ぐるま》の中《なか》に消《き》える。二人《ふたり》が消《き》えた後《あと》、ほかのメンバーは残《のこ》ったカバンをよく見《み》る。

バンティ　さあ、みなさん、ご幸運《こううん》を。

ニュートが進《すす》み出《で》てカバンを選《えら》ぶ。

ニュート　幸運《こううん》を。

ニュートが消《き》える。

ラリー　あなたもね、バンティちゃん。

ラリーが進《すす》み出《で》てカバンを選《えら》び、消《き》える。

テセウス　あとでね、バンティ。

テセウスが進《すす》み出《で》てカバンを選《えら》ぶ。そしてマニ車《ぐるま》の中《なか》に消《き》える。

バンティが深《しん》呼《こ》吸《きゅう》して最《さい》後《ご》のカバンを取《と》り上《あ》げる。マニ車《ぐるま》のほうに歩《ある》いていき、消《き》える。

シーン73　屋外《おくがい》　寺院《じいん》への階段《かいだん》の下《した》――ブータン――日中《にっちゅう》

遠方《えんぼう》に緑《みどり》の山々《やまやま》がそびえ、その頂《いただき》に、まるで空《そら》そのものの中《なか》に建《た》っているような寺院《じいん》がちらりと見《み》える。

空《そら》に向《む》かって延《の》びる巨大《きょだい》な階段《かいだん》の下《した》に、人々《ひとびと》が集《あつ》まっている。階段《かいだん》の頂上《ちょうじょう》に壮大《そうだい》な寺院《じいん》が垣間《かいま》見《み》える。階段《かいだん》の下《した》に置《お》かれた金《きん》の籠《かご》に人影《ひとかげ》が近《ちか》づく。

フォーゲル　指導者《しどうしゃ》である我々《われわれ》は、世界《せかい》が現在分断《げんざいぶんだん》されていることを見過《みす》ごしてはいない。様々《さまざま》な陰謀説《いんぼうせつ》が日々《ひび》伝《つた》わってくる。

フォーゲルの演説《えんぜつ》は、全世界《ぜんせかい》の魔法省《まほうしょう》に映《うつ》し出《だ》されている。

フォーゲル　(続《つづ》き) 暗《くら》い噂《うわさ》が引《ひ》きも切《き》らずにささやかれている。

ごく最近《さいきん》、第三《だいさん》の候補者《こうほしゃ》が加《くわ》わって以来《いらい》、こうしたささやき声《ごえ》は高《たか》まるばかりだ。

三人《にん》の候補者《こうほしゃ》の中《なか》から、疑《うたが》いの余地《よち》もなくふさわしい指導者《しどうしゃ》を選《えら》ぶ方法《ほうほう》はただ一つだ。

フォーゲルは金《きん》の籠《かご》に入《はい》り、両腕《りょううで》に何《なに》かを抱《だ》いて出《で》てくる。演説《えんぜつ》の場所《ばしょ》に戻《もど》ったフォーゲルが、抱《だ》いているものをゆっくりと見《み》せると、人々《ひとびと》がハッと息《いき》をのむのがわかる。

キリンだ。

フォーゲル　魔法《まほう》を学《まな》ぶ者《もの》なら子《こ》どもでも知《し》っている。キリンは、この素晴《すば》らしい我《われ》らが魔《ま》法界《ほうかい》で、最《もっと》も純粋無垢《じゅんすいむく》な生《い》き物《もの》だ。キリンの目《め》をあざむくことはできない。(キリンを体《からだ》の前《まえ》に掲《かか》げて)キリンが、分断《ぶんだん》された世界《せかい》を一つにせんことを!

シーン74

屋外《おくがい》　連《つら》なった家並《いえな》みの屋根《やね》の上《うえ》――ブータン――日中《にっちゅう》

カメラは雲《くも》の層《そう》を通《とお》り抜《ぬ》けて村《むら》に降《お》り、テラス状《じょう》に重《かさ》なって続《つづ》く屋上《おくじょう》を映《うつ》す。そこに、黒装束《くろしょうぞく》の人影《ひとかげ》がいくつも現《あらわ》れる。ロジエールが一つの集団《しゅうだん》の先頭《せんとう》に、ヘルムートがもう一つの集団《しゅうだん》の先《せん》頭《とう》に立《た》っている。下《した》の通《とお》りを見渡《みわた》し、続々《ぞくぞく》と集《あつ》まってくる人々《ひとびと》の中《なか》の何《なに》かを探《さが》している。

シーン75

屋外《おくがい》　通《とお》り――ブータン――同《おな》じ時《とき》――日中《にっちゅう》

サントスの支持者《しじしゃ》に混《ま》じって小刻《こきざ》みに歩《ある》いていくジェイコブとダンブルドア。ジェイコブはカバンを持《も》ち、その隣《となり》でダンブルドアが杖《つえ》を構《かま》えている。二人《ふたり》のすぐ前《まえ》でサントスの肖像《しょうぞう》を描《えが》いた大《おお》きなのぼりが、風《かぜ》にはためき、旗竿《はたざお》に巻《ま》き付《つ》いている。支持者《しじしゃ》たちが竿《さお》を支《ささ》えて、街《まち》の向《む》こうの山並《やまな》みに向《む》かって行進《こうしん》していく。
そのときダンブルドアが、すぐ後《うし》ろから尾行《びこう》してくる黒《くろ》い闇祓《やみばら》いたちのグループに目《め》を留《と》め、ジェイコブを路地《ろじ》に引《ひ》っ張《ぱ》って身《み》を隠《かく》す。二人《ふたり》は追《お》っ手《て》の背後《はいご》の戸口《とぐち》から「姿《すがた》あらわし」して、追《お》っ手《て》をまく。

ダンブルドア　こっちへ。
ジェイコブ　次《つぎ》はどこへ？
ダンブルドア　ああ、君《きみ》をここに置《お》いていく。
ジェイコブ　え？　なんて言《い》った？　俺《おれ》を置《お》いていく？

ダンブルドアが自分《じぶん》のマフラーを外《はず》す。

ダンブルドア　コワルスキー君《くん》。私《わたし》はある人《ひと》に会《あ》う用《よう》がある。心配《しんぱい》ない。君《きみ》はまったく安全《あんぜん》だ。

ダンブルドアはマフラーを放《ほう》り投《な》げる。宙《ちゅう》を飛《と》ぶ間《ま》に、マフラーは暖簾《のれん》のような垂《た》れ幕《まく》に変《か》わる。ダンブルドアがジェイコブを振《ふ》り向《む》く。

ダンブルドア　キリンはそのカバンにはいない。まずいと感《かん》じたら、すぐカバンを捨《す》てていい。（間《ま》）もう一つ。余計《よけい》なお世話《せわ》かもしれないが、自分《じぶん》を疑《うたが》うのをやめることだ。君《きみ》には、ほとんどの人《ひと》が一生《いっしょう》持《も》てないものがある。なんだかわかるかね？

ジェイコブが首《くび》を横《よこ》に振《ふ》る。

ダンブルドア　大《おお》きな心《こころ》だ。真《しん》に勇気《ゆうき》ある者《もの》だけが、正直《しょうじき》に完全《かんぜん》に心《こころ》をさらけ出《だ》すことができる。君《きみ》がするように。

言《い》い終《お》えると、ダンブルドアは帽子《ぼうし》をちょっと持《も》ち上《あ》げ、そして消《き》える。

シーン76

屋外《おくがい》　通《とお》り――ブータン――同《おな》じ時《とき》――日中《にっちゅう》

ニュートが、できる限《かぎ》り目立《めだ》たないようにしながら、急《いそ》いで歩《ある》いていく。何《なに》かを感《かん》じて立《た》ち止《ど》まり、振《ふ》り返《かえ》る。

誰《だれ》もいない。

シーン77

屋外《おくがい》　狭《せま》い路地《ろじ》――ブータン――同《おな》じ時《とき》――日中《にっちゅう》

テセウスがカバンをしっかりつかんで、警戒《けいかい》しながら歩《ある》いていく。

シーン78　屋外《おくがい》　狭《せま》い路地《ろじ》——ブータン——同《おな》じ時《とき》——日中《にっちゅう》

ニュートが村《むら》を通《とお》っていく。緑色《みどりいろ》のローブの人物《じんぶつ》が一人《ひとり》、画面《がめん》に入《はい》ってくる。

シーン79　屋外《おくがい》　通《とお》り——ブータン——同《おな》じ時《とき》——日中《にっちゅう》

カメラはカバンを追《お》う。ラリーが急《いそ》いで歩《ある》いていく。行《ゆ》く手《て》をちらりと見《み》ると、黒《くろ》い闇祓《やみばら》いたちが見《み》える。ラリーは路地《ろじ》に入《はい》り、画面《がめん》から消《き》える。

シーン80

屋外《おくがい》　通《とお》り――ブータン――同《おな》じ時《とき》――日中《にっちゅう》

テセウスが、警戒《けいかい》しながら狭《せま》い路地《ろじ》を歩《ある》いている。そのそばの屋根《やね》の上《うえ》で、何人《なんにん》かが動《うご》いているのが見《み》える。行《ゆ》く手《て》に二人《ふたり》の闇祓《やみばら》いを見《み》つけ、テセウスが杖《つえ》を抜《ぬ》く。

シーン81

屋外《おくがい》　裏道《うらみち》――ブータン――同《おな》じ時《とき》――日中《にっちゅう》

ラリーが後《うし》ろを振《ふ》り返《かえ》りながら、急《いそ》ぎ足《あし》で歩《ある》いていく。そのとき……

シーン82

屋外《おくがい》　十字路《じゅうじろ》――裏道《うらみち》――ブータン――
同《おな》じ時《とき》――日中《にっちゅう》

……ラリーは十字路《じゅうじろ》でテセウスと背中合《せなかあ》わせに出会《であ》い、二人《ふたり》とも振《ふ》り向《む》いて杖《つえ》を上《あ》げる……お互《たが》いに気《き》が付《つ》く。そして、二人《ふたり》が同時《どうじ》に周《まわ》りを見《み》まわす。周《まわ》りじゅうが黒《くろ》い闇祓《やみばら》いたちだ。

ラリーとテセウスは、四方八方《しほうはっぽう》からの黒《くろ》い闇祓《やみばら》いの攻撃《こうげき》をかわし、払《はら》いのけ、戦《たたか》う。呪文《じゅもん》や反対呪文《はんたいじゅもん》を次々《つぎつぎ》に投《な》げつけながら、二人《ふたり》は階段《かいだん》を上《のぼ》って後退《あとずさ》りしていく。

ラリーは黒《くろ》い闇祓《やみばら》いを三人《にん》失神《しっしん》させ、テセウスはさらに六人《にん》を失神《しっしん》させる。ラリーは水晶玉《すいしょうだま》を一ダースほど宙《ちゅう》に浮《う》かせ、滝《たき》のように闇祓《やみばら》いたちに落《お》とす。テセウスが、二人《ふたり》の頭上《ずじょう》のバルコニーにいる黒《くろ》い闇祓《やみばら》いの一人《ひとり》を失神《しっしん》させ、ラリーは振《ふ》り返《かえ》ってもう一人《ひとり》を布《ぬの》で覆《おお》って動《うご》きを封《ふう》じる。さらにラリーは、もう一人《ひとり》を壁《かべ》に向《む》かって飛《と》ばし、まるで肖像画《しょうぞうが》の絵《え》のようにそのまま壁《かべ》にはめ込《こ》む。

二人《ふたり》の前《まえ》の通《とお》りは、倒《たお》された闇祓《やみばら》いでいっぱいだ。しかし勝利《しょうり》は長《なが》くは続《つづ》かなかった。二人《ふたり》の首筋《くびすじ》に、杖《つえ》が二本《ほん》突《つ》き付《つ》けられる。

ヘルムート　カバンを、よこせ。

ヘルムートが、闇祓《やみばら》いを二人従《ふたりしたが》えて、ラリーとテセウスの後《うし》ろに立《た》っている。

シーン83

屋外《おくがい》　路地《ろじ》／石段《いしだん》――ブータン――
同《おな》じ時《とき》――日中《にっちゅう》

ニュートが角《かど》を曲《ま》がると、遠《とお》くに二人《ふたり》の闇祓《やみばら》いが出《で》てくるのが見《み》える。

その向《む》こうに、もう一人《ひとり》別《べつ》の人影《ひとかげ》が見《み》える。

ジェイコブ　やあ、どうも……

闇祓《やみばら》いたちが振《ふ》り向《む》くと、**ガツン**、ジェイコブがカバンを振《ふ》り回《まわ》して、二人《ふたり》を殴《なぐ》り飛《と》ばして逃《に》げていく。体勢《たいせい》を立《た》て直《なお》した二人《ふたり》がジェイコブを追《お》う。

シーン84　屋外《おくがい》　狭《せま》い路地《ろじ》、上《のぼ》り坂《ざか》――同《おな》じ時《とき》――日中《にっちゅう》

ジェイコブが曲《ま》がり角《かど》でつまずき、急《きゅう》な狭《せま》い階段《かいだん》を上《のぼ》って逃《に》げる。すぐ後《あと》に、追《お》っ手《て》がやってくるのが見《み》える。追《お》っ手《て》が立《た》ち止《ど》まって階段《かいだん》を見《み》上《あ》げる。

誰《だれ》もいない。

ジェイコブのカバンだけだ。

シーン85　屋外《おくがい》　裏通《うらどお》り――ブータン――同《おな》じ時《とき》――日中《にっちゅう》

ヘルムートと部下《ぶか》たちが、ラリーとテセウスのカバンを奪《うば》い、下《した》に置《お》く。一人《ひとり》の黒《くろ》い闇祓《やみばら》いが杖《つえ》で狙《ねら》う。ヘルムートが手《て》を上《あ》げて制《せい》する。

ヘルムート　待《ま》て。カバンを開《あ》けろ。「それ」が中《なか》にいるかどうか確《たし》かめるんだ。バカめ。

壁《かべ》に閉《と》じ込《こ》められた闇祓《やみばら》いが、出《だ》してくれとこぶしでドンドン叩《たた》く。ヘルムートはため息《いき》をついて杖《つえ》を上《あ》げ、壁《かべ》から出《だ》してやる。闇祓《やみばら》いは、地面《じめん》にどさりと大《だい》の字《じ》になって倒《たお》れる。

ラリーとテセウスはカバンを見《み》る。

シーン86 屋外《おくがい》 裏通《うらどお》り――ブータン――同《おな》じ時《とき》――日中《にっちゅう》

ジェイコブの追《お》っ手《て》の一人《ひとり》が、そろそろと置《お》き去《ざ》りにされたカバンに近《ちか》づく。

ラリーとテセウスが見守《みまも》る中《なか》、ヘルムートの黒《くろ》い闇祓《やみばら》いの二人《ふたり》がカバンのそばに膝《ひざ》をつく。

ポン！ ジェイコブのカバンが開《ひら》き、中身《なかみ》は……ポーランドのパンだ。

ラリーのカバンが開《あ》けられ、中《なか》は本《ほん》。テセウスのカバンの中《なか》は、金《きん》のスニッチだ。

ジェイコブのカバンを覗《のぞ》き込《こ》んでいた黒《くろ》い闇祓《やみばら》いが、ポーンチキーをつかんで、調《しら》べている。

金《きん》のスニッチがぶんぶん上昇《じょうしょう》し、ヘルムートは周《まわ》りの屋上《おくじょう》を超《こ》えて飛《と》んでいくスニッチを見《み》ている。そのとき――

シュ－ッ！

ラリーのカバンから飛《と》び出《だ》した本《ほん》が、黒《くろ》い闇祓《やみばら》いたちを巻《ま》き込《こ》み、紙《かみ》の嵐《あらし》の中《なか》で、みんながまるでミイラのようになる。

ジェイコブのカバンが爆発《ばくはつ》し、何千個《なんぜんこ》ものパンが滝《たき》のように次々《つぎつぎ》と流《なが》れ出《だ》し、闇祓《やみばら》いたちを急《きゅう》な階段《かいだん》から下《した》に落《お》として追《お》い払《はら》う。

ラリーのカバンの『怪物的《かいぶつてき》な怪物《かいぶつ》の本《ほん》』が敵《てき》を襲《おそ》い、テセウスのカバンからいくつも飛《と》び出《だ》したブラッジャーが、路地《ろじ》やずっと上《うえ》の屋上《おくじょう》の黒《くろ》い闇祓《やみばら》いたちに礫《つぶて》のように襲《おそ》いかかる。

ヘルムートは顔《かお》に張《は》り付《つ》いた紙《かみ》きれを、カンカンになってむしり取《と》るが、大混乱《だいこんらん》に紛《まぎ》れてラリーとテセウスは逃《に》げ去《さ》っていた。

シーン87
屋外《おくがい》　通《とお》り／路地《ろじ》――ブータン――
同《おな》じ時《とき》――日中《にっちゅう》

ダンブルドアが近《ちか》くの屋上《おくじょう》をちらりと見《み》る。ブラッジャーが雨《あめ》のように闇祓《やみばら》いたちに襲《おそ》いかかり、屋上《おくじょう》から転落《てんらく》させるのを横目《よこめ》で見《み》ながら、迅速《じんそく》に動《うご》く。ダンブルドアのほうに飛《と》んできたスニッチを空中《くうちゅう》で捕《つか》まえ、ポケットに入《い》れる。突然《とつぜん》、路地《ろじ》から行進歩調《こうしんほちょう》で出《で》てきた誰《だれ》かが、ダンブルドアにぴったりついて歩《ある》く。

歩《あゆ》みを止《と》めずについてくる男《おとこ》、アバーフォースだ。

アバーフォース　あとどれぐらいの命《いのち》だ？

不死鳥《ふしちょう》が上空《じょうくう》を飛《と》んでいく……

シーン88　屋外《おくがい》　通《とお》り――ブータン――日中《にっちゅう》

……ずっと下《した》の大勢《おおぜい》の人々《ひとびと》の上《うえ》を滑《すべ》るように飛《と》んでいく。

新《あたら》しいアングル――カメラが通《とお》りを映《うつ》す

クリーデンスはますます青《あお》ざめ、歓声《かんせい》をあげながら進《すす》むリウの支持者《しじしゃ》に混《ま》じって、よろよろと歩《ある》いていく。弱《よわ》って痛《いた》みに耐《た》えながら、クリーデンスは立《た》ち止《ど》まり、柱《はしら》に寄《よ》りかかる。

それからもう一度力《いちどちから》を振《ふ》り絞《しぼ》り、歩《ある》き始《はじ》める。

シーン89　屋外《おくがい》　上《のぼ》り坂《ざか》の狭《せま》い路地《ろじ》——ブータン——日中《にっちゅう》

カバンなしになったジェイコブが、表通《おもてどお》りに通《つう》じる狭《せま》い路地《ろじ》を歩《ある》いている。緑《みどり》のローブを着《き》た誰《だれ》かのそばを通《とお》る。そのとき、別《べつ》の人影《ひとかげ》が、すっと近寄《ちかよ》り、ジェイコブの手《て》を強《つよ》くつかんで……

……ジェイコブを表通《おもてどお》りから離《はな》れた脇道《わきみち》に引《ひ》っ張《ば》り込《こ》む。

クイニー　危険《きけん》だわ、ねえ、早《はや》く逃《に》げて。

ジェイコブ　でも……

ジェイコブが何《なに》か言《い》おうとすると、クイニーは指《ゆび》をジェイコブの唇《くちびる》に当《あ》てる。

クイニー　できないわ。家《いえ》に戻《もど》れないの。もう遅《おそ》すぎる。過《あやま》ちが大《おお》きすぎて。

ジェイコブがクイニーの手《て》をつかんで、自分《じぶん》の唇《くちびる》から離《はな》す。

ジェイコブ　聞《き》いてくれ――

クイニー　時間《じかん》がないわ！　つけられているの。まいてきたけど、私《わたし》、すぐに見《み》つかっちゃうわ。私《わたし》も……

ジェイコブ　(泣《な》き声《ごえ》になる）私《わたし》たち二人《ふたり》とも。かまうもんか。二人《ふたり》は一緒《いっしょ》だ。君《きみ》と一緒《いっしょ》じゃなきゃ、なんの意味《いみ》もない。

クイニー　ジェイコブ、ダメよ！　もうあなたを愛《あい》していない。さっさと消《き》えて。

ジェイコブ　君《きみ》は世界一《せかいいち》うそが下手《へた》だな、クイニー・ゴールドスタイン。

ちょうどそのとき、寺院《じいん》の鐘《かね》が柔《やわ》らかく響《ひび》く。

ジェイコブ　聞《き》いただろ？　結婚《けっこん》のお告《つ》げだよ。

クイニーは動《うご》きを止《と》め、強《つよ》いまなざしでジェイコブを見《み》る。ジェイコブは彼女《かのじょ》をじっと見《み》る。

ジェイコブがクイニーの手《て》を包《つつ》んで、クイニーを引《ひ》き寄《よ》せる。

ジェイコブ　おいで。目《め》を閉《と》じて。頼《たの》むから目《め》を閉《と》じて。ダンブルドアが俺《おれ》になんて言《い》ったと思《おも》う？　俺《おれ》の心《こころ》は大《おお》きいって言《い》った……間違《まちが》ってるよ。君《きみ》が入《はい》って初《はじ》めて大《おお》きくなれる。

クイニー　ええ。

ジェイコブ　俺《おれ》を見《み》てくれ、クイニー・ゴールドスタイン……

彼女《かのじょ》の頬《ほほ》に涙《なみだ》が流《なが》れ落《お》ちる。二人《ふたり》が目《め》を上《あ》げると、周《まわ》りを囲《かこ》まれているのがわかる。

シーン90　屋外《おくがい》　橋《はし》――ブータン――同《おな》じ時《とき》――日中《にっちゅう》

ニュートは、サントスの支持者《しじしゃ》たちが空《そら》に向《む》かって伸《の》びる吊《つ》り橋《ばし》を渡《わた》るのを見《み》ている。支持者《しじしゃ》たちは、吊《つ》り橋《ばし》の途中《とちゅう》にある見《み》えない門《もん》をくぐって姿《すがた》を消《け》す。ニュートはカバンを強《つよ》く握《にぎ》り直《なお》し、群衆《ぐんしゅう》に混《ま》じって前進《ぜんしん》する。

この場所《ばしょ》からだと、山《やま》は壮大《そうだい》に迫《せま》って見《み》え、頂《いただき》には厚《あつ》い雲《くも》がかかっている。

ニュートは、吊《つ》り橋《ばし》を途中《とちゅう》まで渡《わた》り、寺院《じいん》に通《つう》じる門《もん》まで来《く》る。その門《もん》をくぐり、**シューッ**と姿《すがた》を消《け》す。

シーン91

屋外《おくがい》　寺院《じいん》の下《した》——ブータン——日中《にっちゅう》

寺院《じいん》の足元《あしもと》に、雲《くも》に向《む》かって伸《の》びる広大《こうだい》な階段《かいだん》があり、その上《うえ》に寺院《じいん》がそびえる。カメラは、大股《おおまた》で決然《けつぜん》と大階段《だいかいだん》のほうに歩《ある》いていくニュートを映《うつ》す。

行《ゆ》く手《て》に、フィッシャーがただ一人《ひとり》、身《み》じろぎもせずに立《た》っている。その目《め》はニュートに注《そそ》がれ、その姿《すがた》には何《なに》か不吉《ふきつ》なものがある。

ニュートは遠回《とおまわ》りすることを考《かんが》えるが、道《みち》は一本《ぽん》しかない。そのとき……

フィッシャー　スキャマンダーさん、まだ正式《せいしき》にご挨拶《あいさつ》したことはありませんが、私《わたし》は、ヘンリエッタ・フィッシャーです。フォーゲルの秘書官《ひしょかん》です。

ニュート　ああ、そうですか——どうも——

フィッシャーは頭上《ずじょう》の雲《くも》の中《なか》にそびえる寺院《じいん》に向《む》かって頷《うなず》く。

フィッシャー　上《うえ》までお連《つ》れします。首脳陣専用《しゅのうじんせんよう》の入口《いりぐち》がありますから。どうぞご一緒《いっしょ》に……

ニュートは動《うご》かずに、フィッシャーを疑《うたが》わしげに見《み》る。

ニュート　失礼《しつれい》ですが、なぜですか？　僕《ぼく》を案内《あんない》するのは？

フィッシャー　言《い》うまでもないでしょう？

ニュート　いえ、正直《しょうじき》、わかりません。

フィッシャー　ダンブルドアの使《つか》いで来《き》ました。

(カバンを見《み》る)　カバンの中身《なかみ》は存《ぞん》じ上《あ》げていますよ、スキャマンダーさん。

フィッシャーの目《め》が細《ほそ》くなる。高揚《こうよう》したサントスの支持者《しじしゃ》、リウやグリンデルバルドの支持者《しじしゃ》の集団《しゅうだん》が視界《しかい》に入《はい》ってくる。フィッシャーが蛇《へび》のように素早《すばや》く、カバンを持《も》つニュートの手《て》をつかむ。目《め》と目《め》が合《あ》う。ニュートはカバンをもぎ取《と》ろうとする。集団《しゅうだん》が近《ちか》づいてくる。歓喜《かんき》した顔《かお》と声援《せいえん》に押《お》され、広場《ひろば》の中央《ちゅうおう》に流《なが》されながら、二人《ふたり》はカバンを奪《うば》おうともみあい続《つづ》ける。

閃光《せんこう》！　――ニュートは耳《みみ》の後《うし》ろに火《ひ》の玉《たま》の攻撃《こうげき》を受《う》けて倒《たお》れる。群衆《ぐんしゅう》の中《なか》に煙《けむり》の出《で》ている杖《つえ》を持《も》ったザビニが立《た》って、ニュートを見下《みお》ろしている。フィッシャーが立《た》ち去《さ》る前《まえ》に微笑《ほほえ》む。

その手《て》にカバンを持《も》っている。

シーン92　屋外《おくがい》　吊《つ》り橋《ばし》――ブータン――同《おな》じ時《とき》

テセウスはいらいらと歩《ある》き回《まわ》り、ラリーはじっと待《ま》っている。吊《つ》り橋《ばし》は今《いま》やほとんど人《ひと》がいない。角笛《つのぶえ》が、急《せ》き立《た》てるように、街《まち》の上《うえ》に高《たか》らかに鳴《な》り響《ひび》く。

ラリー　もう来《く》るはずだわ。

すぐ近《ちか》くに、カーマと黒《くろ》い闇祓《やみばら》いの一団《いちだん》が現《あらわ》れ、二人《ふたり》に向《む》かってくる。黒《くろ》い闇祓《やみばら》いたちが杖《つえ》を上《あ》げる。カーマがその中《なか》を通《とお》って歩《ある》いてくる。

カーマが振《ふ》り返《かえ》って突然《とつぜん》腰《こし》を落《お》とし、杖《つえ》を地面《じめん》に突《つ》き立《た》てる。闇祓《やみばら》いたちを失神《しっしん》させる魔法《まほう》の波動《はどう》が放《はな》たれ、彼《かれ》らはたちまち気《き》を失《うしな》って倒《たお》れる。

テセウス　遅《おそ》かったな。

テセウス、ラリー、カーマが橋《はし》を渡《わた》って消《き》える。

シーン93　屋外《おくがい》　寺院《じいん》に続《つづ》く階段《かいだん》——ブータン——日中《にっちゅう》

ニュートが気《き》が付《つ》いて、群衆《ぐんしゅう》にもまれながら、慌《あわ》ててあたりを見《み》まわす……

フィッシャーがずっと前方《ぜんぽう》の階段《かいだん》を上《のぼ》っていくのが見《み》える。

支持者《しじしゃ》や選挙人《せんきょにん》の頭上《ずじょう》に、大《おお》きなバナーが何枚《なんまい》も浮《う》かび、上《うえ》で行《おこな》われる儀式《ぎしき》を映《うつ》すスクリーンになっている。ニュートがバナーを見《み》ると——映像《えいぞう》の形《かたち》で——フォーゲルが現《あらわ》れる。

フォーゲル　候補者全員《こうほしゃぜんいん》にご挨拶《あいさつ》いただいたことに感謝《かんしゃ》する……

シーン94 屋外《おくがい》 寺院《じいん》——ブータン——続《つづ》き ——日中《にっちゅう》

リウ、サントス、グリンデルバルドが並《なら》んで立《た》っている。

フォーゲル　各人《かくじん》とも、魔法界《まほうかい》のみならず、非魔法界《ひまほうかい》についても、今後《こんご》の世界《せかい》をどう形作《かたちづく》るか、独自《どくじ》のビジョンをお持《も》ちだ。そこで、次《つぎ》にもっとも重要《じゅうよう》な儀式《ぎしき》に移《うつ》りたい。キリンの儀式《ぎしき》だ。

キリンが連《つ》れてこられる。

カット　画面切《がめんき》り替《か》え

シーン95

屋外《おくがい》　寺院《じいん》――ブータン――同《おな》じ時《とき》――日中《にっちゅう》

ニュートは大階段《だいかいだん》にたどり着《つ》き、寺院《じいん》までの最後《さいご》の階段《かいだん》を上《のぼ》る。ずっと先《さき》に自分《じぶん》のカバンを持《も》った姿《すがた》が小《ちい》さく見《み》える。フィッシャーだ。

階段《かいだん》をどんどん上《のぼ》りながら、ニュートはバナーのスクリーンを見《み》る。グリンデルバルド、リウ、サントスの前《まえ》に置《お》かれたキリンが見《み》える。

カメラがすばやく世界《せかい》を一周《いっしゅう》する映像《えいぞう》を映《うつ》す。ヨーロッパ、その他《た》の国々《くにぐに》の魔法省高官《まほうしょうこうかん》たちが、儀式《ぎしき》を見《み》ている。

スクリーンに映《うつ》っているキリンが、ためらいがちに前《まえ》に出《で》て――候補者《こうほしゃ》のほうに行《い》く。キリンがグリンデルバルドのほうに歩《ある》いていくので、リウとサントスが顔《かお》を見合《みあ》わせる。

ニュートはフィッシャーに突進《とっしん》していく。フィッシャーは振《ふ》り返《かえ》るだけで、動《うご》こうとしない。

キリンがグリンデルバルドの前《まえ》に立《た》って、じっと彼《かれ》を見《み》る。

フィッシャーがカバンを差《さ》し出《だ》す。ニュートはそんな行動《こうどう》に面食《めんく》らって、フィッシャーを観察《かんさつ》するが、やがて手《て》を出《だ》す。ニュートの指《ゆび》がカバンに触《ふ》れると、カバンが塵《ちり》になる。それが空中《くうちゅう》に漂《ただよ》うのを、ニュートは驚《おどろ》きうろたえて見《み》ている。フィッシャーを振《ふ》り返《かえ》ると、相変《あいか》わらず微笑《ほほえ》んでいる。

塵《ちり》が上《うえ》のほうに流《なが》れていくと、バナーの映像《えいぞう》がグリンデルバルドとキリンを映《うつ》し出《だ》す。

グリンデルバルドの前《まえ》でキリンがお辞儀《じぎ》をする。長《なが》い沈黙《ちんもく》が流《なが》れる。

フォーゲル　キリンは見抜《みぬ》いた。善良《ぜんりょう》さ、力《ちから》、我々《われわれ》を指揮《しき》し導《みちび》く重要《じゅうよう》な資質《ししつ》を。誰《だれ》なのか、皆《みな》も見《み》ただろう？

集《あつ》まった魔法使《まほうつか》いや魔女《まじょ》たちが、天《てん》に向《む》かって杖《つえ》を上《あ》げる。呪文《じゅもん》が爆発《ばくはつ》する。リウ、サントス、グリンデルバルドのそれぞれを表《あらわ》す色《いろ》が空《そら》に流《なが》れ、やがて一つになる。グリンデルバルドの緑《みどり》だ。

ニュートは茫然《ぼうぜん》と突《つ》っ立《た》っている。

周囲《しゅうい》のお世辞《せじ》を味《あじ》わっているグリンデルバルド。

フォーゲル　多数《たすう》の拍手《はくしゅ》により、ゲラート・グリンデルバルドを魔法界《まほうかい》の新《あたら》しい指導者《しどうしゃ》と認《みと》める。

群衆《ぐんしゅう》が歓声《かんせい》をあげ、ニュートの両脇《りょうわき》にいるアコライトたちが、ニュートを押《お》して階段《かいだん》を上《のぼ》らせる。グリンデルバルドがロジエールに向《む》かって頷《うなず》く。ロジエールがクイニーとジェイコブを前《まえ》に押《お》し出《だ》す。ニュートはクイニーとジェイコブのほうに行《い》こうとするが、二人《ふたり》のアコライトに押《お》さえられる。

ロジエールが、ジェイコブを階段《かいだん》の一番上《いちばんうえ》まで引《ひ》き立《た》て、グリンデルバルドにジェイコブのスネークウッドの杖《つえ》を渡《わた》す。

グリンデルバルドは、次《つぎ》の行動《こうどう》を期待《きたい》して自分《じぶん》を見《み》つめている群衆《ぐんしゅう》を眺《なが》め、それからジェイコブを指《さ》す。

グリンデルバルド　この男《おとこ》が、私《わたし》を亡《な》き者《もの》にしようとした。この男《おとこ》は魔法《まほう》が使《つか》えないのに、魔女《まじょ》と結婚《けっこん》して我《われ》らの血《ち》を汚《けが》そうとしている。禁《きん》じられた結婚《けっこん》は、我《われ》らをこやつの仲間《なかま》と同《おな》じところにおとしめ、弱体化《じゃくたいか》する。友《とも》よ、こいつだけではないぞ。何千人《なんぜんにん》という輩《やから》が、同《おな》じことを企《たくら》んでいる。そんな害虫《がいちゅう》どもの処置《しょち》はただ一つ。

グリンデルバルドはジェイコブの杖《つえ》を放《ほう》り投《な》げ、自分《じぶん》の杖《つえ》を上《あ》げる。

ジェイコブがグリンデルバルドのほうに顔《かお》を向《む》けると、グリンデルバルドは呪文《じゅもん》でジェイコブを打《う》つ。ジェイコブは階段《かいだん》から落《お》ちて、クイニーの足元《あしもと》にあおむけに倒《たお》れる。

グリンデルバルド　クルーシオ――苦《くる》しめ！

呪文《じゅもん》の閃光《せんこう》が、クイニーの足元《あしもと》のジェイコブを、痛《いた》みでのたうち回《まわ》らせる。

ニュート　やめろ！

クイニー　やめさせて！

グリンデルバルド　マグルとの戦《たたか》いが、今《いま》、始《はじ》まるのだ！

グリンデルバルドの支持者《しじしゃ》たちが、熱狂《ねっきょう》して歓声《かんせい》をあげる。

ラリー、テセウス、カーマが、群衆《ぐんしゅう》の中《なか》を近《ちか》づいてくる。ショックを受《う》けた顔《かお》だ。

ジェイコブは地面《じめん》の上《うえ》で、痛《いた》みにのたうち回《まわ》っている。サントスが杖《つえ》を上《あ》げて、ジェイコブを苦《くる》しめている「磔《はりつけ》の呪文《じゅもん》」を解《と》く。ジェイコブは苦《くる》しみから解放《かいほう》されて、クイニーの腕《うで》に抱《だ》きかかえられる。

グリンデルバルドは空《そら》を仰《あお》ぎ、自《みずか》らの栄光《えいこう》を満喫《まんきつ》している。

グリンデルバルドはそのまま動《うご》かない。この瞬間《しゅんかん》を大《おお》いに楽《たの》しんでいる。そのとき……

……上《うえ》で輪《わ》を描《えが》いているフェニックスを見《み》つける。一枚《まい》の灰《はい》だらけの羽根《はね》が、左右《さゆう》に揺《ゆ》れながらゆっくりと落《お》ちてきて、グリンデルバルドの頰《ほほ》にくっつく。彼《かれ》はそれを不快《ふかい》そうに払《はら》いのける。

グリンデルバルドが振《ふ》り向《む》き、階段《かいだん》を上《のぼ》ってくる誰《だれ》かをいぶかしげに見《み》る……

クリーデンスだ。

弱《よわ》り果《は》てて、しかし挑戦的《ちょうせんてき》な顔《かお》で近《ちか》づいてくるクリーデンスを、グリンデルバルドは興味深《きょうみぶか》げに眺《なが》める。クリーデンスはグリンデルバルドの前《まえ》で立《た》ち止《ど》まり、あたかもグリンデルバルドの顔《かお》を両手《りょうて》で挟《はさ》むかのように手《て》を伸《の》ばす。それから、指《ゆび》でグリンデルバルドの頬《ほほ》に灰《はい》を擦《なす》り付《つ》ける。群衆《ぐんしゅう》が息《いき》をのむ中《なか》、クリーデンスが振《ふ》り向《む》いて高官《こうかん》たちに語《かた》りかけ始《はじ》めると、群衆《ぐんしゅう》の後《うし》ろにアバーフォースとダンブルドアが現《あらわ》れる。

クリーデンス　彼《かれ》はうそをついている。あのキリンは死《し》んでいる。

ニュートは魔法《まほう》をかけられたキリンを悲《かな》しそうに見《み》る。

ほとんど全力《ぜんりょく》を使《つか》い果《は》たし、クリーデンスががっくりと膝《ひざ》をつく。

アバーフォースが助《たす》けようとするが、ダンブルドアがそっと制止《せいし》する。

ダンブルドア　まだだ。待《ま》て。

ニュートが、自分《じぶん》を拘束《こうそく》している闇払《やみばら》いの手《て》を振《ふ》りほどく。

ニュート　みんなだまされている。彼《かれ》はキリンを殺《ころ》し、魔法《まほう》をかけて、自分《じぶん》が指導者《しどうしゃ》にふさわしいとみんなに思《おも》わせた。でも、彼《かれ》には導《みちび》く気《き》などない。従《したが》わせたいだけだ。

グリンデルバルド　言葉《ことば》だ。あざむこうとする言葉《ことば》だ。君《きみ》たちが自分《じぶん》の目《め》で見《み》たものを疑《うたが》うように仕向《しむ》けている。

ニュート　あの晩《ばん》キリンは二頭《とう》生まれた。双子《ふたご》だ。僕《ぼく》は知《し》っている。なぜなら――

グリンデルバルド　なぜなら……？　なぜなら君《きみ》には証拠《しょうこ》がない。なぜなら二頭目《とうめ》のキリンはいない。違《ちが》うかね？

ニュート　その子《こ》の母《はは》はもう殺《ころ》されていた。

グリンデルバルド　ではそのキリンは今《いま》どこにいる？　スキャマンダー君《くん》。

グリンデルバルドは勝《か》ち誇《ほこ》ってニュートを見《み》る。その目《め》が緑色《みどりいろ》のローブを着《き》た高官《こうかん》の一人《ひとり》をとらえ……

その女性《じょせい》が、カバンを手《て》にして明《あか》るみの中《なか》に進《すす》み出《で》る。そしてカバンをニュートに渡《わた》す。

ニュートはあっけにとられてカバンを見《み》つめる。

ローブ姿《すがた》の女性《じょせい》が顔《かお》を上《あ》げると、現《あらわ》れたのは……バンティだ。

バンティ　誰《だれ》もすべてを知《し》らない。ニュート、そう言《い》ったでしょう?

バンティは周《まわ》りを見《み》まわし、突然《とつぜん》――そして居心地悪《いごこちわる》そうに――高官《こうかん》たちが並《なら》んでいるのに気《き》が付《つ》く。そしてニュートがカバンの蓋《ふた》を開《あ》けているうちに、その場《ば》を離《はな》れる。

小《ちい》さな頭《あたま》がカバンから覗《のぞ》いて、あたりを見《み》まわす。

キリンだ。

フォーゲルが信《しん》じられないという目《め》でじっと見《み》つめ、心配《しんぱい》そうにグリンデルバルドを見《み》るが、彼《かれ》も不安《ふあん》げだ。テセウスとラリーは茫然《ぼうぜん》と顔《かお》を見合《みあ》わせる。ティナはアメリカ魔法省《まほうしょう》からそれを見《み》ている。ニュートは誰《だれ》よりも驚《おどろ》いているが、微笑《ほほえ》む——ほっとして感謝《かんしゃ》している。

みんなが見《み》ている中《なか》、キリンは力バンから這《は》い出《だ》し、まっすぐに立《た》って、ここはどこだろうと、目《め》をパチパチさせる。それから何《なに》かを感《かん》じ取《と》り、首《くび》を回《まわ》してそれを見《み》る。

魔法《まほう》をかけられたキリンが、グリンデルバルドの脇《わき》に立《た》っている。

キリンはすぐさま小《ちい》さく啼《な》いて呼《よ》びかける。赤裸々《せきらら》な感情《かんじょう》で心《こころ》が張《は》り裂《さ》けそうな声《こえ》だ。しかし、双子《ふたご》のキリンの目《め》は虚《うつ》ろで、表情《ひょうじょう》は変《か》わらない。

ニュートは困惑《こんわく》しているキリンのそばに膝《ひざ》をつく。

ニュート　（やさしく）あの娘《こ》には聞《き》こえないんだ。ここではね。でもきっとどこかで聞《き》いているよ……

フォーゲル　これは本物《ほんもの》のキリンだ！

フォーゲルは魔法《まほう》をかけられたほうのキリンを乱暴《らんぼう》に持《も》ち上《あ》げて、観衆《かんしゅう》のほうを向《む》く。

フォーゲル　見《み》るがいい！　自分《じぶん》のその目《め》で見《み》えるだろう……これが本物《ほんもの》の――

手《て》にしたキリンがぐったりして、目《め》が暗《くら》く虚《うつ》ろになる。フォーゲルは口《くち》ごもる。

ベルリンで一度《いちど》登場《とうじょう》した英国《えいこく》の魔女《まじょ》が進《すす》み出《で》る。

英国《えいこく》の魔女《まじょ》　こんなことは許《ゆる》されません！　選挙《せんきょ》はやり直《なお》すべきです。さあ、アントン。何《なん》とかしなさい！

フォーゲルは困惑《こんわく》して恐《おそ》れている様子《ようす》。

生《い》きているキリンがゆっくりとダンブルドアのほうに歩《ある》いていく。

ダンブルドア　いや、いや、いや、どうか。

キリンは注意深《ちゅういぶか》くダンブルドアを見《み》る。何《なに》もかも見通《みとお》す目《め》が、ダンブルドアを黙《だま》らせる。キリンが輝《かがや》き始《はじ》め、ゆっくりとお辞儀《じぎ》をする。

ニュートは興味深《きょうみぶか》そうに、しかし思《おも》いやるように見《み》ている。

ダンブルドア　光栄《こうえい》だよ。

(困《こま》ったような間《ま》)

君《きみ》たちがあの晩双子《ばんふたご》として生《う》まれたように、この場《ば》にもう一人《ひとり》、同《おな》じようにふさわしい者《もの》がいる。私《わたし》はそう確信《かくしん》している。

ダンブルドアがキリンをやさしく撫《な》でる。

ダンブルドア　ありがとう。

キリンはダンブルドアを興味深《きょうみぶか》そうに見《み》て、それから、サントスのほうに歩《ある》いて行《い》ってお辞儀《じぎ》をする。グリンデルバルドは苦々《にがにが》しそうにそれを見《み》ている。

グリンデルバルドは、憔悴《しょうすい》した顔《かお》でダンブルドアを見《み》る——そして杖《つえ》を上《あ》げ、キリンに向《む》ける。クリーデンスは、グリンデルバルドがキリンを狙《ねら》っているのを見《み》て、残《のこ》る力《ちから》を振《ふ》り絞《しぼ》ってグリンデルバルドの前《まえ》に立《た》ちふさがる。

グリンデルバルドは素早《すばや》く動《うご》き、クリーデンスに向《む》けて呪文《じゅもん》を放《はな》つ。そのとき……

……クリーデンスの前《まえ》にまばゆい光《ひかり》の盾《たて》が現《あらわ》れる。その源《みなもと》は……

……ダンブルドアとアバーフォース。二人《ふたり》が──反射的《はんしゃてき》に──別々《べつべつ》に──保護《ほご》の呪文《じゅもん》を放《はな》ったのだ。

グリンデルバルドの呪文《じゅもん》がきらめく盾《たて》の光《ひかり》にぶつかる。カメラはグリンデルバルドの視線《しせん》を追《お》い、呪文《じゅもん》の道筋《みちすじ》を追《お》う。そして……

……グリンデルバルドとダンブルドアの呪文《じゅもん》が結《むす》びついているのを知《し》る。

二人《ふたり》の視線《しせん》が一つになり、お互《たが》いに縛《しば》りあって、動《うご》きが取《と》れない状態《じょうたい》になっていることに気《き》づいて愕然《がくぜん》とする。しばらく二人《ふたり》はお互《たが》いに縛《しば》り付《つ》けられたまま、相手《あいて》の力《ちから》を消耗《しょうもう》させている。世《せ》界《かい》が止《と》まっている。そして──

「血《ち》の誓《ちか》い」の小瓶《こびん》の鎖《くさり》が切《き》れ、小瓶《こびん》はゆっくりと回《まわ》りながら地面《じめん》に向《む》かっていく。グリンデルバルドとダンブルドアは、誓《ちか》いの小瓶《こびん》から出《で》る光《ひかり》がちらつき始《はじ》めるのを見《み》る。やがて閃光《せんこう》とともに、すべてが静《しず》かになる……世界《せかい》がゆっくりと動《うご》きを止《と》める。地球《ちきゅう》の回転自体《かいてんじたい》が遅《おそ》くなったかのように。

誓《ちか》いの小瓶《こびん》は空中《くうちゅう》でゆっくりと回転《かいてん》し続《つづ》け、中心部《ちゅうしんぶ》が割《わ》れていく。

二人《ふたり》の誓《ちか》いが霧《きり》のように消滅《しょうめつ》する。グリンデルバルドとダンブルドアの目《め》が合《あ》い、二人《ふたり》とも同時《どうじ》に、お互《たが》いから解放《かいほう》されたことを悟《さと》る。

たちまち、二人《ふたり》の杖《つえ》が上《あ》がり、何度《なんど》も光《ひかり》を放《はな》つ——攻撃《こうげき》と防御《ぼうぎょ》、攻撃《こうげき》と防御《ぼうぎょ》——目《め》のくらむ——鬱積《うっせき》したものを吐《は》き出《だ》すような——力《ちから》の発露《はつろ》。戦《たたか》い続《つづ》けながら、二人《ふたり》はだんだん近《ちか》づく。どちらも相手《あいて》をしのがず、どちらも譲《ゆず》らず、最後《さいご》にほとんど顔《かお》を突《つ》き合《あ》わせるようにして、二人《ふたり》の腕《うで》が交差《こうさ》する。そして二人《ふたり》は……

動《うご》きを止《と》める。胸《むね》が波打《なみう》ち、目《め》と目《め》が絡《から》み合《あ》う。ダンブルドアがそっと手《て》をグリンデルバルドの心臓《しんぞう》の上《うえ》に置《お》き、グリンデルバルドも同《おな》じくダンブルドアの心臓《しんぞう》に手《て》を置《お》く。

ダンブルドアは頭《あたま》を下《さ》げ、グリンデルバルドの目《め》を覗《のぞ》き込《こ》む。

そのとき、一筋《ひとすじ》の細《ほそ》い黄色《きいろ》の光《ひかり》が下《した》の群衆《ぐんしゅう》から空《そら》に向《む》かって放《はな》たれる。その直後《ちょくご》、もう一本《ぽん》の黄色《きいろ》い光《ひかり》が加《くわ》わり、そしてまた次《つぎ》が。

グリンデルバルドがそれを見《み》る。その顔《かお》は差《さ》し迫《せま》った恐怖《きょうふ》を隠《かく》し切《き》れない。

ダンブルドアはさらに何本《なんぼん》もの光《ひかり》が空《そら》に向《む》かって放《はな》たれるのを見《み》て、不思議《ふしぎ》な感動《かんどう》の表情《ひょうじょう》で振《ふ》り返《かえ》り、背後《はいご》の凍結《とうけつ》した現実世界《げんじつせかい》に戻《もど》ろうとする。

グリンデルバルドは打《う》ちひしがれたようにたたずむ。

グリンデルバルド　この先《さき》、誰《だれ》が君《きみ》を愛《あい》してくれる、ダンブルドア？

「血《ち》の誓《ちか》い」の小瓶《こびん》が床《ゆか》に落《お》ちる。

パリッ

小瓶《こびん》が二つに割《わ》れ、中心《ちゅうしん》から煙《けむり》が立《た》ち上《のぼ》る。世界《せかい》が元《もと》に戻《もど》って回転《かいてん》し始《はじ》める。二人《ふたり》の周《まわ》りの人物《じんぶつ》たちが再《ふたた》び動《うご》き出《だ》す。

ダンブルドアは振《ふ》り返《かえ》らず、グリンデルバルドを一人《ひとり》置《お》き去《ざ》りにする。

グリンデルバルド　君《きみ》は孤独《こどく》だ。

たちまち、何千《なんぜん》という黄色《きいろ》い光《ひかり》の糸《いと》が空《そら》を飾《かざ》り、すべての人《ひと》が柔《やわ》らかな黄色《きいろ》い光《ひかり》に包《つつ》まれる。世界中《せかいじゅう》の魔法省《まほうしょう》が、ブラジルやフランスも含《ふく》めて、サントスに声援《せいえん》を送《おく》り、黄色《きいろ》い呪文《じゅもん》を空《そら》に向《む》かって打《う》ち上《あ》げる。グリンデルバルドが、敗北《はいぼく》を感《かん》じながらそれを眺《なが》める。

グリンデルバルドは、自分《じぶん》に反対《はんたい》する人々《ひとびと》が、今《いま》や団結《だんけつ》して自分《じぶん》に向《む》かってくるのを、じっと眺《なが》める。サントスとキリンを先頭《せんとう》に、大勢《おおぜい》が杖《つえ》を彼《かれ》に向《む》けて迫《せま》ってくる。

グリンデルバルドが、断崖《だんがい》の端《はし》に「姿《すがた》あらわし」して、切《き》り立《た》った崖《がけ》の上《うえ》に立《た》っている。彼《かれ》に反対《はんたい》する者《もの》たちが呪文《じゅもん》を投《な》げつけてくるので、すばやく身《み》の回《まわ》りに盾《たて》を張《は》り巡《めぐ》らす。

しかし、グリンデルバルドはたった一人《ひとり》だけに注意《ちゅうい》を向《む》けている。ダンブルドアだ。

グリンデルバルド　私《わたし》は君《きみ》の敵《てき》だったことはない。これまでも、今《いま》も。

いっせいに、一つの束《たば》のように、呪文《じゅもん》がグリンデルバルドに飛《と》んでいく。ダンブルドアを最後《さいご》にもう一度《いちど》見《み》て、グリンデルバルドは……後《うし》ろ向《む》きに飛《と》び降《お》り、「姿《すがた》くらまし」する。

テセウス、ラリー、カーマ、そしてほかの人《ひと》たちも、崖《がけ》の淵《ふち》に走《はし》りより、下《した》を覗《のぞ》くが……

グリンデルバルドは消《き》えてしまった。

ダンブルドアはそこから目《め》を逸《そ》らし、アバーフォースがクリーデンスを抱《だ》きかかえているのを見《み》る。クリーデンスは今《いま》や衰弱《すいじゃく》しきっている。黄色《きいろ》い光《ひかり》を浴《あ》びた顔《かお》で、アバーフォースを物問《ものと》いたげに見《み》ている。

クリーデンス　僕《ぼく》のこと気《き》に掛《か》けたことある?

アバーフォース　いつもだ。家《いえ》に帰《かえ》ろう。

アバーフォースはクリーデンスの手《て》を取《と》り、息子《むすこ》を助《たす》け起《お》こす。二人《ふたり》が下《お》りていく間《あいだ》、ダンブルドアは、二人《ふたり》の背後《はいご》を飛《と》ぶフェニックスもゆっくりと山《やま》を下《くだ》っていくのを眺《なが》める。

ニュートは黄色《きいろ》の海《うみ》と、その向《む》こうのブータン王国《おうこく》を眺《なが》める。急《きゅう》に疲《つか》れた様子《ようす》だ。

バンティ　ほら、おちびちゃんよ。

ニュートが振《ふ》り向《む》くと、バンティがキリンを抱《だ》いて立《た》っている。

ニュート　バンティ、お手《て》柄《がら》だったね。

バンティは、どういたしましてというふうに首《くび》を振《ふ》って微《ほ》笑《ほえ》む。

ニュート　おいで、おちびちゃん。

ニュートがキリンのためにカバンを開《あ》ける。

バンティ　ごめんなさい。怖《こわ》い思《おも》いをさせてしまって。

ニュートはキリンを受《う》け取《と》り、首《くび》を振《ふ》る。

ニュート　いや、どんなに大切《たいせつ》かは、失《うしな》ってみて初《はじ》めてわかるのかもしれない。

ニュートがキリンをあやしているとき、バンティがニュートのカバンを見《み》る。ティナの写真《しゃしん》をそこに見《み》つけて、やさしく微笑《ほほえ》む。

バンティ　そして時《とき》には……

バンティが言《い》い泥《なず》む。ニュートが彼女《かのじょ》をよく見《み》る。

バンティ　時《とき》には、もうわかっているのじゃないかしら。

バンティは背《せ》を向《む》けて、ほかの仲間《なかま》のほうに行《い》く。

ニュート　さ、お入《はい》り。

ニュートがキリンをカバンに入《い》れる。

カット　画面切り替え《がめんきりかえ》

ジェイコブが、ダンブルドアを少《すこ》し離《はな》れたところから見《み》ている。

ダンブルドア　コワルスキー君《くん》、君《きみ》に謝《あやま》らなければ。

ジェイコブが振《ふ》り向《む》くと、そこにダンブルドアがいる。

ダンブルドア　「磔《はりつけ》の呪文《じゅもん》」で苦《くる》しめることになるとは予想外《よそうがい》だった。
ああ、でもさ、クイニーを取《と》り戻《もど》せたんだから、貸《か》し借《か》りなしだ。

ジェイコブ　（間《ま》）
あ、聞《き》いてもいいかな？

ジェイコブはあたりをちらっと見《み》て、前屈《まえかが》みになってささやく。

ジェイコブ　これ、持《も》っていいかな。ほら、思《おも》い出《で》のためにさ。

ダンブルドアが下《した》を見《み》ると、ジェイコブが手《て》にスネークウッドの杖《つえ》を持《も》っている。ダンブルドアが目《め》を上《あ》げて、ジェイコブをよく見《み》る。

ダンブルドア　君《きみ》ほどそれにふさわしい人《ひと》はほかに思《おも》いつかないね。

ジェイコブ　ありがと、先生《せんせい》。

ジェイコブは嬉《うれ》しそうにニヤッとして、杖《つえ》をポケットに入《い》れる。ダンブルドアはジェイコブがクイニーのほうに行《い》くのを見送《みおく》り、それからニュートのほうに行《い》く。

断崖《だんがい》の端《はし》を調《しら》べながら、ダンブルドアはポケットから壊《こわ》れた「血《ち》の誓《ちか》い」の小瓶《こびん》を取《と》り出《だ》してニュートに見《み》せる。

ダンブルドア 驚《おどろ》くべきものだ。
ニュート でも、どうして？　二人《ふたり》は戦《たたか》えないはずだと思《おも》っていました。
ダンブルドア 戦《たたか》ってはいない。彼《かれ》は殺《ころ》そうとし、私《わたし》は護《まも》ろうとした。互《たが》いの呪文《じゅもん》がぶつかった。

ダンブルドアは悲《かな》しげに微笑《ほほえ》む。

ダンブルドア これも運命《うんめい》だ。結局《けっきょく》、こうする以外《いがい》、運命《うんめい》を全《まっと》うすることはできないだろう？

ニュートは何《なに》か聞《き》きたげにダンブルドアを見《み》る。そのときテセウスがやってくる。

テセウス アルバス。約束《やくそく》してください。彼《かれ》を見《み》つけ出《だ》して、阻止《そし》すると。

ダンブルドアが頷《うなず》く。

地平線《ちへいせん》の黄色《きいろ》い空《そら》が、ゆっくりと夜《よる》の画面《がめん》へオーバーラップしていく……

シーン96

屋外《おくがい》　ローワー・イースト・サイド――ニューヨーク――夜《よる》

……ローワー・イースト・サイドの通《とお》り。コワルスキーのパン屋《や》の窓《まど》に明《あ》かりが点《つ》いて温《あたた》かく輝《かがや》いている。

シーン97 屋内《おくない》 コワルスキーのパン屋《や》――続《つづ》き――夜《よる》

いろいろな人《ひと》がジェイコブの店《みせ》に出入《でい》りしている――マグルも魔法使《まほうつか》いも。ジェイコブのウェディング・ケーキが、再《ふたた》び結《むす》ばれた花嫁《はなよめ》、花婿《はなむこ》をトップに飾《かざ》って、今《いま》や誇《ほこ》らしげに置《お》かれている。

ジェイコブ　アルバート！　ピエロギも忘《わす》れるなよ！

アルバート　はい、ミスターK。

ジェイコブとニュートは、おそろいのモーニングを着《き》て、ジェイコブはネクタイを締《し》めるのに必死《ひっし》に格闘《かくとう》している。

ジェイコブ　アルバート！　コワチュキは八分以内《ぶんいない》だぞ。

アルバート　はい、ミスターK。

ジェイコブ　（ニュートに）いい子《こ》だが、パシュテチキとゴオンプキの区別《くべつ》もつかない。

そのとき、クイニーが入《はい》ってくる。美《うつく》しいレースのドレスを着《き》ている。

クイニー　ねえ、スイートハート。

ジェイコブ　ウワッ！（花嫁《はなよめ》を見《み》ないように、自分《じぶん》で自分《じぶん》の目《め》を覆《おお》う）

クイニー　ニュートは、あなたが何《なに》を言《い》っているのかわからないわよ。私《わたし》も、あなたが何《なに》を言《い》ってるのかわからないわ。それに、今日《きょう》は働《はたら》かないはずでしょ？

（ニュートを見《み》ながら）大丈夫《だいじょうぶ》、ハニー？

（ニュートに向《む》かって）スピーチで緊張《きんちょう》してるのね。大丈夫《だいじょうぶ》よ。

（ジェイコブに）ハニー、そう言《い》ってあげて――

ジェイコブ　スピーチで緊張《きんちょう》するなよ。

ニュート　緊張《きんちょう》してないよ。

ジェイコブ　なんだこの臭《にお》いは？　焦《こ》げてるぞ！　アルバート！

ジェイコブが急《いそ》いで走《はし》っていく。クイニーはしょうがないわねという顔《かお》。

クイニー　多分《たぶん》ほかのことで緊張《きんちょう》してるのね、ン？

ニュート　一体何《いったいなん》のことか、わからないよ。

クイニーが、わかってるわというように微笑《ほほえ》んで、立《た》ち去《さ》る。

シーン98　屋外《おくがい》　コワルスキーのパン屋《や》──直後《ちょくご》──夜《よる》

ニュートは外《そと》に出《で》て、入口《いりぐち》の日除《ひよ》けの下《した》に立《た》ち、紙《かみ》きれを取《と》り出《だ》して開《ひら》く。スピーチを小声《こごえ》で練習《れんしゅう》する。

ニュート　初《はじ》めてジェイコブに会《あ》った日《ひ》……初《はじ》めてジェイコブに会《あ》った日《ひ》、ぼくたちはスティーン・ナショナル銀行《ぎんこう》で、一緒《いっしょ》に座《すわ》っていた……まさかこんなことに……

ニュートは顔《かお》をしかめて目《め》を上《あ》げる。道《みち》の向《む》こう側《がわ》のバス停《てい》のベンチに、誰《だれ》かが、降《ふ》る雪《ゆき》の中《なか》で座《すわ》っている。

ちょうどそのとき、目《め》の端《はし》で何《なに》かが動《うご》くのを感《かん》じ、ニュートがそちらを見《み》る──ゆっくりと──。すると、小《こ》降《ぶ》りの雪《ゆき》の中《なか》を、女性《じょせい》が近《ちか》づいてくる。見直《みなお》す必要《ひつよう》はない。ニュートにはわかっている。

ティナだ。

ニュート　花嫁付添人《はなよめつきそいにん》、だね？

ティナ　花婿付添人《はなむこつきそいにん》、でしょうね？

ニュート　髪型《かみがた》を変《か》えた？

ティナ　いいえ、ああ……まあ、そうね。実《じつ》は、今夜《こんや》のために。
ニュート　うん、とても似合《にあ》うよ。
ティナ　ありがとう、ニュート。

二人《ふたり》は見《み》つめあう。もう言葉《ことば》はかわさない。そのとき……

……ラリーとテセウスが現《あらわ》れる。

テセウス　やあ。
ニュート　誰《だれ》かと思《おも》えば。
テセウス　元気《げんき》か？
ニュート　きれいだよ、ラリー。
ラリー　あら、ありがとう、ニュート。嬉《うれ》しいわ。今日《きょう》は頑張《がんば》って。
(ティナに）ティナ、さあ、マクーザ（MACUSA　アメリカ魔法議会《まほうぎかい》）は近頃《ちかごろ》どうなのか、聞《き》かせて。

二人《ふたり》が店《みせ》に入《はい》る。

ニュートも入《はい》りかけて止《と》まり、通《とお》りのほうを見《み》る。一瞬《いっしゅん》の後《あと》——

テセウス 僕《ぼく》はどうなんだい？　決《き》まってるか？

ニュート 決《き》まってるよ。

テセウス お前《まえ》、大丈夫《だいじょうぶ》か？

ニュート ああ、大丈夫《だいじょうぶ》さ。

テセウス 緊張《きんちょう》してるのか？　世界《せかい》を救《すく》っておいて、スピーチで緊張《きんちょう》はないだろ。

二人《ふたり》は顔《かお》を見合《みあ》わせる。それからニュートは通《とお》りの向《む》こうを見《み》て、バス停《てい》のベンチにダンブルドアが座《すわ》っているのを見《み》る。

ニュートは雪道《ゆきみち》を横切《よこぎ》り、ベンチの前《まえ》に立《た》つ。

ダンブルドア　歴史的《れきしてき》な日《ひ》だな。今日《きょう》を境《さかい》に過去《かこ》と未来《みらい》が分《わ》かれる。歴史的《れきしてき》な日《ひ》が、その場《ば》にいる者《もの》にとっては当《あ》たり前《まえ》の日《ひ》に見《み》えるのが不思議《ふしぎ》だ。

ニュート　多分《たぶん》、世界《せかい》が正《ただ》しく動《うご》いているときは、そんなものでしょう。

ダンブルドア　たまにはそういうことが起《お》きるというのは、いいものだ。

ニュートがダンブルドアを見《み》る。

ニュート　ここでお会《あ》いできるとは思《おも》いませんでした。

ダンブルドア　そうなるかどうか、私《わたし》も定《さだ》かではなかった。

二人《ふたり》の目《め》が合《あ》う。ダンブルドアが目《め》を逸《そ》らす。店《みせ》の戸《と》が開《ひら》いて、クイニーが顔《かお》を出《だ》す。輝《かがや》いている。

クイニー　ねえ、ニュート！　ジェイコブが指輪《ゆびわ》を失《な》くしたみたいだって言《い》うんだけど、あなたが持《も》っているわよね。

ニュートが振《ふ》り向《む》き、ピケットがポケットから顔《かお》を出《だ》す。指輪《ゆびわ》を持《も》っている。シンプルな結婚《けっこん》指輪《ゆびわ》だが、小《ちい》さくとも愛《あい》らしいダイヤが一つ付《つ》いている。

ニュート　ああ、大丈夫《だいじょうぶ》。

クイニーは微笑《ほほえ》んで、中《なか》に消《き》える　ニュートがピケットを見《み》る。

ニュート　ピック、いい子《こ》だ。
(ダンブルドアを見《み》て）僕《ぼく》、そろそろ――

ダンブルドアは何《なに》も言《い》わないでどこかを見《み》つめている。

ダンブルドア　ありがとう、ニュート。

ニュート　何《なに》が？
ダンブルドア　好《す》きなように取《と》ってくれ。
　ニュートが頷《うなず》く。
ダンブルドア　君《きみ》なしではできなかった。
　ニュートが微《かす》かに微笑《ほほえ》む。ダンブルドアはただ頷《うなず》くだけだ。ニュートが戻《もど》りかけて、立《た》ち止《ど》まる。
ニュート　でも、またやりますよ。あなたに頼《たの》まれれば。
　ニュートは何《なに》か聞《き》きたげにダンブルドアを見《み》るが、やがて背《せ》を向《む》けて、パン屋《や》に向《む》かい、店《みせ》の中《なか》に消《き》える。

ニュートがドアを閉《し》めたとき、赤《あか》いバラ模様《もよう》のドレスを着《き》た若《わか》い女性《じょせい》が慌《あわ》ててやってくるのが見《み》える。

混乱《こんらん》した様子《ようす》で、その女性《じょせい》は、驚《おどろ》きながら無言《むごん》であたりを見《み》まわし、それからパン屋《や》を覗《のぞ》き込《こ》む。

バンティだ。

ダンブルドアはバンティが急《いそ》いで店《みせ》に入《はい》るのを見《み》ている。

それからダンブルドアはもう一時《いっとき》座《すわ》ったまま、周《まわ》りを見《み》まわす。そして立《た》ち上《あ》がる。

シーン99 屋内《おくない》／コワルスキーのパン屋《や》——続《つづ》き——夜《よる》

クイニーが進《すす》み出《で》て、ジェイコブの隣《となり》に来《く》る。魔《ま》法《ほう》司《し》祭《さい》の前《まえ》だ。クイニーが隣《となり》のジェイコブを見《み》る。二人《ふたり》の後《うし》ろには、ニュートとティナ、ラリー、テセウス、アルバートが集《あつ》まり、感激《かんげき》して眺《なが》めている。

ジェイコブ　うわぁ、すっごくきれいだ。

シーン100

屋外《おくがい》　コワルスキーのパン屋《や》――続《つづ》き――夜《よる》

　ダンブルドアが窓《まど》を通《とお》してその様子《ようす》を見《み》て、微笑《ほほえ》む。そしてコートの襟《えり》をしっかり立《た》てて歩《ある》き出《だ》す。うっすらと雪《ゆき》の積《つ》もった通《とお》りを、遠《とお》くに見《み》える寒々《さむざむ》とした地平線《ちへいせん》に向《む》かって、ただ一人《ひとり》、大《おお》きな足取《あしど》りで。

映《えい》画《が》用《よう》語《ご》集《しゅう》

・アングルが変《か》わる
撮影《さつえい》する時《とき》のカメラの角度《かくど》が変《か》わること。

・オーバーラップ
シーンを徐々《じょじょ》に消《け》していき、次《つぎ》のシーンを徐々《じょじょ》に現《あらわ》す手法《しゅほう》。

・カット　画面《がめん》切《き》り替《か》え
オーバーラップなどの効果《こうか》を使《つか》わず、別《べつ》のシーンへ切《き》り替《か》えること。

・カメラを向《む》ける
カメラを特定《とくてい》の被写体《ひしゃたい》に向《む》けること。

・クローズアップ
被写体《ひしゃたい》またはその一部分《いちぶぶん》を画面《がめん》に拡大《かくだい》して映《うつ》すこと。

・ズーム
カメラが人物《じんぶつ》や物《もの》を近《ちか》くから映《うつ》すこと。

・〜の主観《しゅかん》ショット
ある特定《とくてい》の人物《じんぶつ》の視点《してん》から映《うつ》すこと。

・ワイドショット
シーンの設定《せってい》がわかるよう広範囲《こうはんい》を納《おさ》めて映《うつ》すこと。

キャスト、クルー

ワーナー・ブラザース提供
ヘイデイ・フィルムズ・プロダクション
デイビッド・イェーツ・フィルム

ファンタスティック・ビーストとダンブルドアの秘密

監督：デイビッド・イエーツ
脚本：J.K.ローリング＆スティーブ・クローブス
原作：J.K.ローリング
製作：デイビッド・ヘイマンp.g.a.、J.K. ローリング、
スティーブ・クローブスp.g.a.、
ライオネル・ウィグラムp.g.a.、ティム・ルイスp.g.a.
製作総指揮：ニール・ブレア、ダニー・コーエン、ジョシュ・バーガー、
コートニー・バレンティ、マイケル・シャープ
撮影指揮：ジョージ・リッチモンド、BSC
美術製作：スチュアート・クレイグ、ニール・ラモント
編集：マーク・デイ
衣装：コリーン・アトウッド
音楽：ジェイムズ・ニュートン・ハワード

キャスト
ニュート・スキャマンダー：エディ・レッドメイン
アルバス・ダンブルドア：ジュード・ロウ
クリーデンス・ベアボーン：エズラ・ミラー
ジェイコブ・コワルスキー：ダン・フォグラー
クイニー・ゴールドスタイン：アリソン・スドル
テセウス・スキャマンダー：カラム・ターナー
ユーラリー（ラリー）・ヒックス：ジェシカ・ウィリアムズ
ティナ・ゴールドスタイン：キャサリン・ウォーターストン
&
ゲラート・グリンデルバルド：マッツ・ミケルセン

作者について

J.K. ローリングは、不朽の人気を誇る「ハリー・ポッター」シリーズの著者。1990年、旅の途中の遅延した列車の中で「ハリー・ポッター」のアイデアを思いつくと、全7巻のシリーズを構想して執筆を開始。1997年に第1巻『ハリー・ポッターと賢者の石』が出版、その後、物語の完結までにはさらに10年を費やし、2007年に第7巻『ハリー・ポッターと死の秘宝』が出版された。シリーズに付随して、チャリティのための短編『クィディッチ今昔』と『幻の動物とその生息地』(ともに慈善団体〈コミック・リリーフ〉と〈ルーモス〉を支援)、『吟遊詩人ビードルの物語』(〈ルーモス〉を支援)も執筆。また、舞台劇『ハリー・ポッターと呪いの子』の脚本にも協力し、脚本集として出版された。その他の児童書に『イッカボッグ』(2020年)『クリスマス・ピッグ』(2021年)があるほか、ロバート・ガルブレイスのペンネームで発表し、ベストセラーとなった大人向け犯罪小説「コーモラン・ストライク」シリーズも含め、その執筆活動に対して多くの賞や勲章を授与されている。J.K. ローリングは、慈善信託〈ボラント〉を通じて多くの人道的活動を支援するほか、子供向け慈善団体〈ルーモス〉の創設者でもある。
J.K. ローリングに関するさらに詳しい情報はjkrowlingstories.comで。

スティーブ・クローブスは、愛読書だった J.K.ローリング原作の「ハリー・ポッター」映画7作品の脚本を執筆。また、『ファンタスティック・ビーストと魔法使いの旅』『ファンタスティック・ビーストと黒い魔法使いの誕生』ではプロデューサーを務めました。最近では、『モーグリ ジャングルの伝説』も製作しています。そのほかの作品に『Racing with the Moon』、『Wonder Boys』、『Flesh and Bone』、『The Fabulous Baker Boys』などがあり、後者2本は監督も務めています。

J.K.ローリングの作品について

『ハリー・ポッターと賢者の石』
『ハリー・ポッターと秘密の部屋』
『ハリー・ポッターとアズカバンの囚人』
『ハリー・ポッターと炎のゴブレット』
『ハリー・ポッターと不死鳥の騎士団』
『ハリー・ポッターと謎のプリンス』
『ハリー・ポッターと死の秘宝』

『幻の動物とその生息地』
『クィディッチ今昔』
（コミック・リリーフとルーモスを支援）

『吟遊詩人ビートル』
（ルーモスを支援）

『ハリー・ポッターと呪いの子』
（原作　J.K.ローリング、ジョン・ティファニー、ジャック・ソーン
舞台脚本　ジャック・ソーン）

『ファンタスティック・ビーストと魔法使いの旅（映画オリジナル脚本版）』
『ファンタスティック・ビーストと黒い魔法使いの誕生（映画オリジナル脚本版）』

『イッカボッグ』
『クリスマス・ピッグ』

松岡佑子《まつおかゆうこ》 訳

翻訳家。国際基督教大学卒、モントレー国際大学院大学国際政治学修士。日本ペンクラブ会員。スイス在住。訳書に「ハリー・ポッター」シリーズ全7巻のほか、「少年冒険家トム」シリーズ、映画オリジナル脚本版「ファンタスティック・ビースト」シリーズ、『ブーツをはいたキティのはなし』、『とても良い人生のために』、『イッカボッグ』、『クリスマス・ピッグ』(以上静山社)がある。

岸田恵子《きしだけいこ》 訳

(株)東北新社 外画制作事業部 翻訳室所属、映像翻訳家。主な映画作品の字幕・吹き替えの仕事に「ハリー・ポッター」シリーズ、「ミッション・インポッシブル」シリーズ、『パディントン』などがある。

静山社ペガサス文庫

ファンタスティック・ビーストとダンブルドアの秘《ひ》密《みつ》
映《えい》画《が》オリジナル脚本版《きゃくほんばん》

2025年3月4日　初版発行

著者　J.K.ローリング
　　　スティーブ・クローブス
日本語版監修・翻訳　松岡佑子
発行者　松岡佑子
発行所　株式会社静山社
〒102-0073 東京都千代田区九段北1-15-15
電話・営業 03-5210-7221
https://www.sayzansha.com
映画字幕・吹き替え　岸田恵子
日本語版デザイン　坂川事務所+嶋田小夜子
組版　アジュール
印刷・製本　中央精版印刷株式会社

ISBN 978-4-86389-937-7　Printed in Japan
Published by Say-zan-sha Publications,Ltd.

「静山社《せいざんしゃ》ペガサス文庫《ぶんこ》」創刊《そうかん》のことば

小《ちい》さくてもきらりと光《ひか》る、星《ほし》のような物語《ものがたり》を届《とど》けたい——一九七九年《ねん》の創業《そうぎょう》以来《いらい》、静山社《せいざんしゃ》が抱《いだ》き続《つづ》けてきた願《ねが》いをこめて、少年少女《しょうねんしょうじょ》のための文庫《ぶんこ》「静山社《せいざんしゃ》ペガサス文庫《ぶんこ》」を創刊《そうかん》します。

読書《どくしょ》は、みなさんの心《こころ》に眠《ねむ》っている想像《そうぞう》の羽《はね》を広《ひろ》げ、未知《みち》の世界《せかい》へいざないます。読書体験《どくしょたいけん》をとおしてつちかわれた想像力《そうぞうりょく》は、楽《たの》しいとき、苦《くる》しいとき、悲《かな》しいとき、どんなときにも、みなさんに勇気《ゆうき》を与《あた》えてくれるでしょう。

ギリシャ神話《しんわ》に登場《とうじょう》する天馬《てんま》・ペガサスのように、大《おお》きなつばさとたくましい足《あし》、しなやかな心《こころ》で、みなさんが物語《ものがたり》の世界《せかい》を、自由《じゆう》にかけまわってくださることを願《ねが》っています。

二〇一四年《ねん》

静《せい》山《ざん》社《しゃ》